오늘 그대 행복한가요?

삶이 힘든 그대를 위한 인생 처방전

오늘 그대 행복한가요?

| 박혜린 지음 |

BM 성안당

프롤로그

삶이 힘든 그대를 위한 처방전

여리고 우유부단했던 나는 처음 사회생활에 적응하면서 참 많이 힘들었다. 순간순간 힘들 때마다 스트레스를 해소할만한 방법도 없었다.

그러다가 어려움이 생길 때마다 책을 통해 마음의 위안을 얻게 되었고, 그것이 습관으로 바뀌었다. 책을 읽는 것은 내 삶의 일부가 되었다.

그 중에서도 특히 카네기, 나폴레옹 힐, 헨리 포드, 노자, 장자 등은 내 힘든 삶을 잡아주는 버팀목으로 충분했다.

그런데 나 혼자 읽고 버리기에는 내용들이 너무 아깝다는 생각이 들었다. 그래서 내게 위안을 주거나 감동이 되었던 글들을 그때그때 기록하면서 실천하려고 노력했다.

그러다보니 어느덧 감정을 어느 정도 조절할 수 있는 여유도 생기게 되었고, 다른 사람들을 배려하는 겸손함도 배우게 되었다. 그리고 어떠한 일이라도 해낼 수 있는 자신감과 긍정의 에너지가 넘쳐났다.

이런 좋은 글이 다른 분들에게도 도움이 되었으면 하는 바람이 생겼고, 주위에 가까운 분의 권유도 있고 해서 그동안 기록하면서 느꼈던 것들을 책으로 엮었다.

그러던 중에 내가 하고 싶었던 심리학 공부를 시작하게 되었다. 심리학 공부는 너무도 많은 갈등과 감동의 연속이었고, 나의 생각에 많은 변화를 가져다주었다. 특히 성격심리는 나에게 경이로움을 더해주는 과목으로 다가왔다.

너무도 안타깝고 힘들었던 점은 그동안 내가 읽고 실천했던 그 소중한 글 중에는 이미 낡은 지식이 되어버린 내용들이 많음을 알게 되었고, 그동안 나는 나의 틀 속에서 깨어나지 못하고 20세기 사고에 묶여 있었음을 인정하지 않을 수 없었다. 나의 패러다임이 바뀌는 순간이었다.

세상은 이미 나보다 한발 더 앞서가고 있었음을 알게 되었다.

공룡이 멸망한 이유는 변화에 적응하지 못해서라고 했던가? 사람의 뇌는 계속 새롭게 성장하고 변화되어 가고 있는데 나는 그것을 인지하지 못하고 있었다.

내가 그렇게 소중하게 생각하고 펴냈던 글을 보신 분들께서 혹시 낡은 생각이라고 여기지는 않을까? 하는 염려스러움과 미안함이 교차되었다.

새롭고 알찬 내용으로 책을 전해드리고 싶은 마음이 불쑥 솟아올라 잠을 이룰 수가 없었다. 어떻게 하면 변화된 나의 모습과 좀

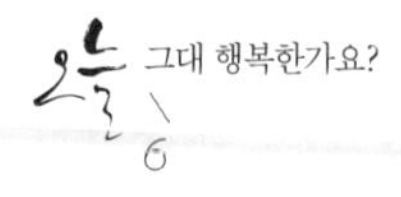

더 좋은 내용들을 다시 전해드릴 수 있을까 고심하게 되었다.

아직도 변함없는 주옥같은 고전과 새로운 패러다임으로 변화되어 가고 있는 내용들이 아주 조화롭게 엮어진 새로운 책이 만들어졌다.

이제는 너무도 기쁜 마음으로 이 책을 전해드리고 싶다. 이 책을 읽으신 분들의 삶이 보석처럼 빛나게 될 것이라는 확신과 함께….

나의 작은 소망이 있다면 이 책을 읽는 모든 분들이 긍정의 힘을 얻고 활기찬 자신감을 얻어서 행복하고 성공된 삶을 살아가게 된다면 더 없이 기쁠 것이다.

박혜린

차례

wise living

Part 1

오늘을 현명하게 살기 위하여

mind control

Part 2

마음 다스리기

psychology

Part 3

성격의 심리학

Wise Living

당신이 느끼는

모든 생각과 행동은

어떤 특정한 동기로부터

비롯된 것이다.

Part 1

오늘을 현명하게 살기 위하여

01 wise living

오늘만큼은…

1. 오늘만큼은 행복하자. 링컨의 말처럼 사람은 스스로 행복해지려고 노력한 정도만큼 행복해진다.
2. 오늘만큼은 주변의 상황에 맞추어 행동하자. 무엇이나 자신의 마음대로만 하려 하지 말자.
3. 오늘만큼은 건강을 챙기자. 운동을 하고, 충분한 영양을 섭취하자. 몸을 혹사시키거나 절대 무리하지 말자.
4. 오늘만큼은 정신을 굳게 차리자. 무엇인가 유익한 일을 배우고 게을러지지 않도록 하자. 그리고 노력과 사고와 집중력을 필요로 하는 책을 읽자.
5. 오늘만큼은 남들이 눈치 채지 않도록 친절을 다하자.
6. 오늘만큼은 신나게 살자. 남에게 상냥한 미소를 짓고, 나에게 어울리는 옷으로 차려입고, 아낌없이 상대방을 칭찬하라.
7. 오늘만큼은 이 하루가 보람되도록 하자. 인생의 모든 문제는 한꺼번에 해결되지 않는다. 하루가 인생의 시작인 것 같은 기분으로 오늘을 보내자.
8. 오늘만큼은 계획을 세우자. 각 시간의 예정표를 만들자. 조

급과 망설임이라는 두 가지 해충을 없애도록 노력하자. 할 수 있는 데까지 최선을 다해보자.

9. 오늘만큼은 30분 정도의 휴식을 갖고 마음을 정리해보자. 때로는 신을 생각하고 인생을 관조하며 느껴보자.

10. 오늘만큼은 그 무엇도 두려워하지 말자. 특히 아름다움을 즐기며 사랑하도록 하자. 사랑하는 사람이 나를 사랑한다는 믿음을 놓치지 말자.

– F 패트리지

02 wise living

인생의 3가지 타입

1. 방관자 타입

대다수의 사람들이 이런 타입이다. 자신의 인생에서 무슨 일이 일어나는지 어떤지도 모르고 그저 방관자처럼 바라보고 있을 뿐이다. 그들은 거부당하거나 바보취급을 당할까봐 아예 아무런 시도조차 하지 않는다. 그들은 패배뿐만 아니라 승리도 두려워하고 있다. 승리에 따르는 책임을 부담스러워한다.

2. 패배자 타입

빈곤과 굴욕에 허덕이는 사람들이 바로 그들이다. 그들의 목소리는 하나같이 누구처럼 되는 것이다. 창조적이고 능동적인 것은 하나도 찾아볼 수가 없다. 단지 성공한 사람들을 부러워하고 질시하고 비판하기에 급급하다. 그러면서 그들처럼 되지 못하는 자신을 경멸하고 자학한다. 그들의 친구 역시 같은 세계에 빠져 있는 패배자들이다.

3. 승리자 타입

그 수는 너무나 적지만 많은 것을 손에 쥐고 있다. 그들은 자연스럽게 자신의 인생목표를 달성하고 즐긴다. 직장에서 사회에서 국가에서 그들은 정력적으로 싸우고 이긴다. 그들에게 패배란 없다. 패배조차 승리를 향한 하나의 과정으로 여기기 때문이다.

03 wise living

인간의 행동을 유발시키는 매슬로우의 욕구이론

인간은 만족할 수 없는 욕구를 갖고 있다.

인간의 행동은 만족하지 못한 욕구를 채우는 것을 목표로 한다.

인간의 욕구는 기본욕구에서부터 상위욕구까지 5단계로 이루어져 있다. 가장 기본적인 욕구가 채워지면 인간은 상위 욕구를 채우려 한다. 따라서 상위 욕구는 하위 욕구가 충족될 때 동기요인으로서 작용한다.

1단계 : 생리적 욕구(Physiological Needs)
의식주 욕구

2단계 : 안전 욕구(Safety Needs)
신체적, 감정적 안전을 추구하는 욕구

3단계 : 소속감과 애정 욕구(Belonging Ness and Love Needs)
집단에 소속되어 인정받고 싶은 욕구, 직장, 결혼, 공동체 활동 등

4단계 : 존경 욕구(Esteem Needs)

내적 성취감, 외적 성취감의 욕구. 집단 내에서 뛰어나고자 하는 욕구

5단계 : 자아실현 욕구(Self-Actualization Needs)

지속적인 자기계발을 통한 자기발전, 자아완성의 욕구

04 wise living

에릭슨의 심리사회발달 8단계

1단계 : 신뢰감대 불신감 : 0-1세

2단계 : 자율성대 수치심 및 회의감 : 2-4세 유아기

3단계 : 주도성대 죄의식 : 4-5세 아동기

4단계 : 근면성대 열등감 : 6-11세 아동기

5단계 : 자아정체감대 자아정체감 혼란 : 12-20세

6단계 : 친밀감대 고립감 : 청장년기

7단계 : 생산성대 침체감 : 30-50세(중년기)

8단계 : 자아통합대 절망감 : 성인 후기(노년기)

에릭슨은 인간의 인격형성에 심리사회적 환경을 강조하여 발달단계를 8단계로 구분하고 인간의 발달은 단계적으로 진행되며 한 단계가 성공적이면 그 다음 단계도 성공적으로 이루어질 가능성이 높다고 보았다.

에릭슨은 확고한 자아정체감을 확립하기 위해서는 일생동안 8가지를 성공적으로 해결해야 한다고 보고 각 단계의 위기는 긍정적 영향과 부정적 영향을 동시에 나타낼 수 있다고 보았다.

05 wise living

인간이 가지기 쉬운 5가지 결점

1. 착한 것을 좋아하나 배움을 좋아하지 않으면 어리석게 된다.
2. 슬기로움을 좋아하나 배움을 좋아하지 않으면 방탕하게 된다.
3. 믿음을 좋아하나 배움을 좋아하지 않으면 옳음을 판단하지 못하게 된다.
4. 지나치게 강직을 좋아하고 배움을 좋아하지 아니하면 외골수가 된다.
5. 용맹을 좋아하고 배움을 좋아하지 아니하면 난폭하게 된다.

※ 사람이 5가지의 미덕을 실천할 수 있다는 그것이 곧 인(仁)이다. 공손함과 너그러움, 그리고 믿음성과 근면과 남에게 은혜를 베푸는 일이다. 남에게 공손하면 무시를 당하지 않고, 너그러우면 인심을 얻는다. 믿음성이 있으면 신임을 받게 되며, 근면하면 어떤 일이든지 이루어지게 하며, 은혜를 베풀면 남을 잘 다스릴 수가 있다.

06 wise living

마음을 닦는 9가지 모습

1. 눈은 항상 밝게 보려고 애써야 한다.
2. 귀는 옳은 것을 들으며 항상 총명해야 한다.
3. 표정은 부드럽고 온화해야 한다.
4. 용모는 공손하게 보이기를 힘써야 한다.
5. 말은 신의가 있어야 한다.
6. 일을 처리하는 데에는 신중해야 한다.
7. 의문점이 있으면 적극적으로 풀려고 애써야 한다.
8. 화나는 일에도 흐트러지지 않아야 한다.
9. 이익을 보게 되면 먼저 그것이 정의로운 것인가를 생각해야 한다.

07 wise living

문제점을 극복하는 적극적인 마음가짐

1. 올바른 해결책을 발견하기 위한 도움이라면 신의 인도를 구하라. 그것은 매우 훌륭한 마음의 여유가 될 것이다.
2. 다시 한 번 주어진 문제에 대해 냉정하게 판단하라.
3. 문제를 분석하고, 분명하며 똑똑하게 말하도록 노력하라.
4. 당신 자신에게 스스로 '그것은 좋은 일이다'라고 다짐하라.
5. 자신에게 다음과 같은 특별한 질문을 던져라.

   첫째 : 과연 어떠한 점들이 좋았는가?

   둘째 : 내가 어떻게 처리해야만 같은 비중이거나 그 이상의 이익을 얻을 수 있을 것인가?

6. 지금까지 겪었던 방법 중 가장 효과가 있었던 것이 무엇인가를 찾아보라.

08 wise living

20대에 누구를 만나느냐가 인생을 결정

미래에 만날 모든 사람은 20대에 만나는 법이다.

20대에 문을 나서 생의 광활한 들판으로 나가면

많은 새로운 만남이 있다.

20대에 누구를 만나느냐에 따라 당신의 인생이 결정된다.

만남은 곧 가치관의 확대이다.

자기 자신을 무한정으로 확대시켜가는 것이다.

재미있는 사람을 만나자.

이상한 사람을 만나자.

20대에 만난 사람 중에 미래의 당신이 있다.

– 나카타니 아카히로

09 wise living

유머를 갖자

1. 사물의 밝은 면을 찾도록 노력하자.
2. 자신의 실수를 웃어넘길 수 있도록 노력하자.
3. 앞길이 험난하더라도 밝은 태도를 취하자.
4. 필요 이상으로 심각하게 생각하지 말자.
5. 유머센스를 항상 갈고 닦자.
6. 긴장을 풀어야 할 때는 언제나 웃을 수 있는 이야깃거리를 찾아보자.
7. 언제나 밝은 태도로 다른 사람과 접촉하자.
8. 자기 자신의 문제는 유머로 해결하도록 하자.

10 wise living

카네기의 조언

행복한 일을 생각하면 행복해진다.

비참한 일을 생각하면 비참해진다.

무서운 일을 생각하면 무서워진다.

병을 생각하면 병들고 만다.

실패에 대하여 생각하면 반드시 실패한다.

자신을 불쌍히 여기고 헤매게 되면

남에게도 배척당하고 만다.

11 wise living

신념을 가져라

1. 자신의 능력 범위 안에 있는 것이라면 불가능한 일이란 있을 수 없다.
2. 어려운 문제라도 정면 대결해서 해결책을 찾아내라.
3. 자신의 생각으로 결심하고 그것을 바탕으로 행동하자.
4. 실패한 일에서도 행운의 씨앗을 찾아내자.
5. 정신적으로 우선 할 수 없다는 생각을 버려라. 그리고 소극적인 태도를 취하지 않도록 하라.
6. 부정적인 생각을 버리고 할 수 있다는 자신감을 가지고 부딪친다면 대개의 일들이 가능하다는 것을 명심하라.

12 wise living

가난을 이겨내는 3단계 해결책

1. 우선 최악의 사태를 생각해본다.
2. 아무리 해도 그 사태를 피할 수 없다고 느낀다면 당당히 그에 맞설 각오를 한다.
3. 마음을 침착하게 갖고 사태의 개선을 위한 일에 착수한다.

※ 아름다운 영혼을 가지고 인생의 절묘한 선율을 내는 사람들은 아무런 고난 없이 좋은 조건에서 살아온 사람이 아니라 온갖 역경과 아픔과 고난을 이겨낸 사람이다.

13 wise living

인간관계의 3가지 기본원칙

1. 비난이나 비평, 불평하지 마라.

2. 솔직하고 진지하게 칭찬하라.

3. 다른 사람들의 열렬한 욕구를 불러일으켜라.

※ 다른 사람들에게 관심이 없는 사람은 인생을 사는 데 굉장히 어려움을 겪게 되고 다른 사람에게도 해를 끼치게 된다. 인간의 모든 실패는 바로 이런 유형의 인물에서 비롯된다.

14 wise living

자신을 기억하게 하는 방법

1. 다른 사람들에게 순수한 관심을 기울여라.

※ 우리는 우리에게 관심을 갖는 사람에게 관심을 갖는다.

2. 항상 웃는 얼굴로 대하라.

※ 웃지 않는 사람은 장사를 해서는 안 된다.

3. 사람들에게는 자신의 이름이 그 어떤 것보다도 기분 좋고 중요한 것임을 명심하라.

4. 남의 말을 잘 들어주는 사람이 되어라. 스스로에 대해 말하도록 다른 사람들의 신뢰를 얻어라.

5. 상대방의 관심사에 대해 이야기하라.

6. 상대방으로 하여금 중요한 사람이라는 느낌이 들게 하라. 단, 성실한 태도로 해야 한다.

※ 만일 당신이 사람들에게 따지고 상처를 주고 반박을 한다면 때때로 승리할 수도 있다. 하지만 그것은 공허한 승리에 불과하다. 왜냐하면 당신은 결코 상대방으로부터 좋은 호의를 얻어내지 못할 것이기 때문이다.

15 wise living

세일즈 인간관계

1. 논쟁에서 최선의 결과를 얻을 수 있는 유일한 방법은 그것을 피하는 것이다.

※ 우리는 남을 가르칠 수는 없고 단지 그가 스스로 발견하도록 도와줄 수 있을 뿐이다.

※ 될 수 있으면 다른 사람보다 현명해지도록 하라. 그러나 그것을 그들이 알게 해서는 안 된다.

2. 상대방의 견해를 존중하라. 결코 "당신이 틀렸다."라고 말하지 마라.

3. 잘못을 저질렀으면 즉시 분명한 태도로 그것을 인정하라.

※ 한 통의 쓸개즙보다 한 방울의 꿀이 더 많은 파리를 잡을 수 있다.

4. 우호적인 태도로 말을 시작하라.

5. 상대방이 당신의 말에 즉각 " 네 "라고 대답할 수 있게 하라.

6. 상대방으로 하여금 많은 이야기를 하게 하라.

7. 상대방의 관점에서 사물을 볼 수 있도록 성실히 노력하라.

※ 이 세상에서 만나는 사람들 중에서 4분의 3은 동정에 굶주려 있다. 그들에게 동정심을 보이면 그들은 당신을 좋아할 것이다.

8. 상대방의 생각이나 욕구에 공감하라.

9. 보다 고상하고 매력 있는 동기에 호소하라.

10. 당신의 생각을 적극적으로 표현하라.

11. 도전 의욕을 불러일으켜라.

12. 칭찬과 감사의 말로 시작하라.

13. 잘못을 간접적으로 알게 하라.

14. 상대방을 비평하기 전에 자신의 잘못을 먼저 인정하라.

15. 직접적으로 명령하지 말고 요청하라.

16. 상대방에게 훌륭한 명성을 갖도록 해주어라.

※ 칭찬은 인간의 정신에 비치는 따뜻한 햇빛과도 같아서 우리는 칭찬 없이는 자랄 수도 꽃을 피울 수도 없다. 그런데도 우리들 대부분은 다른 사람들에게 걸핏하면 비난이랑 찬바람을 퍼붓기 일쑤고, 웬일인지 우리와 함께 살아가는 사람들에게 칭찬이라는 따뜻한 햇볕을 주는 데 인색하다.

※ 우리의 가능성에 비하면 우리는 반만 깨어 있다. 절반밖에 깨어 있지 않다. 우리의 육체적, 정신적 능력의 일부만을 사용하고 있을 뿐이다. 넓은 의미로 이 말을 해석하면 인간은 자신의 능력 한계에 훨씬 못 미치는 삶을 살고 있다. 인간은 무한한 능력을 소유하고 있는데 습관적으로 이 능력을 사용하지 못하고 있다.

17. 격려해주어라. 잘못은 쉽게 고칠 수 있다고 느끼게 하라.

18. 당신이 제안하는 것을 상대방이 기꺼이 받아들이도록 만들어라.

16 wise living

상대방의 마음을 움직이는 방법

1. 성실해야 한다. 당신이 할 수 없는 일은 어떤 경우에도 약속하지 마라. 당신에 대한 이익은 잊어버리고 다른 사람에 대한 이익에 집중하라.
2. 다른 사람이 무엇을 하기를 원하는지 정확하게 알고 있어야 한다.
3. 동정적이어야 한다. 다른 사람이 진심으로 무엇을 원하고 있는지를 당신 스스로에게 물어보라.
4. 당신이 제의하는 일을 함으로써 그 사람에게 어떤 이익이 돌아가는지를 생각하라.
5. 그러한 이익을 다른 사람의 소망과 일치시키도록 하라.
6. 어떤 일을 요구할 때는 그 일을 함으로써 그 사람에게 이익이 돌아간다는 것을 암시하는 식의 방법을 취해서 하라.

17 wise living

나폴레옹 힐의 만족을 느끼는 10가지 방법

"세계제일의 갑부가 행복의 골짜기에 살고 있다. 그는 오래가는 물건, 잃을 턱이 없는 물건, 만족과 건강과 안식과 평온을 주는 물건을 가지고 있다. 그는 그 소중한 재산을 다음과 같은 방법으로 손에 넣었다. 당신도 그렇게 해보라."

1. 그는 남의 행복을 찾아줌으로써 스스로의 행복을 찾아냈다.
2. 그는 절도 있는 생활과 절제 있는 식사로 건강을 얻었다.
3. 그는 남을 미워하거나 원망하지 않았다. 모든 사람을 사랑했다.
4. 그는 여유를 가지고 사랑의 노동을 하였다. 그러므로 피곤하지 않았다.
5. 그의 기도는 지금 가지고 있는 재산의 소중함을 알고 그 뜻을 받아들여 맛보게 해 달라는 것이었다.
6. 그는 항상 남의 이름에 경의를 표하였다. 어떤 경우든 남을 해치는 일을 하지 않았다.

7. 그는 도움을 바라는 사람에게 자신의 전부를 주었다. 그러나 아무것도 바라지 않았다.
8. 그는 양심에 충실하여 잘못을 범하지 않았다.
9. 그는 많은 재산을 가지고 있었다. 살아 있는 동안 여유롭게 쓸 만큼 있다는 것은 좋은 일이다. 그의 재산은 그가 행복을 나누어준 사람들로부터 생긴 것이다.
10. 그가 가진 행복의 골짜기에 있는 부동산에는 세금이 붙지 않는다. 그것은 그의 마음속 닿을 수 없는 곳에 재산이 있고, 그가 사는 방식을 알지 못하는 사람이 평가할 수 없기 때문이다. 그는 자연법칙에 따르고 이에 순응하며 노력하여 마침내 그 재산을 쌓아올렸기 때문이다.

18 wise living

성공을 위한 헨리 포드의 5가지 조언

1. 신중하라. 그리고 자신과 주변을 언제나 깨끗하게 정돈하라. 질서와 정돈, 신중은 사람의 능률을 발휘하기 위한 키포인트이다. 자신이 사용하는 도구들을 깨끗이 사용하는 사람은 좋은 일을 할 수 있다. 복잡한 일은 재료의 낭비, 정신적 육체적 낭비를 초래한다.

2. 새로운 일을 시작할 때는 그 분야에 업적을 남긴 사람들에 대해 충분히 연구하라. 그것은 논문이나 기계 설계, 게임도 마찬가지다.

3. 아는 것을 실행하라. 그리고 지식을 최대한으로 활용하라. 어떤 사람들은 일생을 연구에만 헌신한다. 그러나 그것은 먼 훗날 하나의 열매만을 맺게 될 뿐이다.

4. 결심한 부분에 대하여 자신의 능력을 의심하지 마라. 물론 사람마다 능력의 한계가 있는 것은 분명하다. 하지만

사람은 자신의 능력보다 더 큰 일을 해낼 수 있는 존재이다.

5. 지식 향상을 위해 재산을 아끼지 마라.

젊은이가 해야 할 일은 돈을 모으는 것이 아니라 그것을 사용하여 장차 쓸모 있는 사람이 되기 위한 지식을 모으고 훈련하는 것이다.

은행에 넣어둔 돈은 당신에게 아무것도 주지 못한다. 당신의 아이들에게 이렇게 말하라.

"너의 돈을 써라", "너 자신의 발전을 위해 돈을 써라." 유용한 일에 쓰고도 남는다는 것은 노인들이나 할 소리다.

19 wise living

자기관리법 1

1. 언제나 여유를 가져라.

   당신의 몸을 헌 양말처럼 누글누글하게 한다.

   책상 위에 헌 양말 한 짝을 놓아둔다. 언제나 긴장을 푼다는 마음자세를 잃지 않기 위해서….

   양말이 없다면 고양이라도 좋다. 고양이를 잡아 올리면 그놈은 언제나 사지를 축 늘어뜨린다. 고양이에게는 피로가 있을 리 없다.

   당신도 언제나 긴장을 풀고 있어라.

2. 편안한 자세로 움직여라.

   몸의 긴장은 항상 어깨로부터 출발한다.

3. 자신의 행동을 감시하고 평가하라.

   '나는 일을 괜히 어렵게 하고 있는 것은 아닐까?' 하고….

4. 하루가 끝나면 스스로를 점검하라.

나는 얼마나 피로한가? 그렇다면 나의 일하는 방법에 문제가 있는 것은 아닌가? 하며 반성해보라.

20 wise living

인간관계

가장 만나기 쉬운 것은 사람이다.

가장 얻기 쉬운 것도 사람이다.

하지만

가장 잃기 쉬운것도 사람이다.

물건을 잃어버리면

다시 구할 수 있지만

사람은 아무리 애를 써도

똑같은 사람으로 구할 수가 없다.

그래서 사람은 가장 중요하다.

그리고 한번 잃어버린 사람은 다시 찾기 어렵다.

사람을 사람으로 소중하게 대하는 진실한 인간관계

그것은 가장 아름다운 일이며

진정 소중한 것을 지킬 줄 아는 비결이다.

사람을 얻는 일

그 일은 가장 소중한 일이다.

21 wise living

고민 해결의 3단계

1. 상황을 명확하고 객관적으로 분석하여 일어날 수 있는 최악의 경우를 예측해보라. 그렇게 하면 자신의 상황을 보다 명확히 파악할 수 있다.
2. 최악의 경우를 예측했으면 그것을 달게 받아들여라. 완전히 마음이 홀가분해져서 정신적 평화를 느낄 것이다.
3. 정신적으로 받아들인 최악의 사태를 조금이나마 완화시킬 수 있는 방법을 찾아라. 새로운 길이 열릴 것이다.

※ 참다운 마음의 평화는 최악의 사태를 감수하는 데서 얻어지며, 이는 심리학적으로 에너지의 해방을 의미한다.

22 wise living

돈을 지배하는 원리

1. 출납 상황을 꼼꼼히 기록해본다.
2. 필요에 맞춰 예산을 작성하라.
3. 돈을 살려서 쓰는 방법을 배우라.
4. 수입이 늘어난다고 반드시 행복한 것은 아니다.
5. 신용을 쌓아라.
6. 사고나 질병 등 만일의 사태에 대비하라.
7. 생명보험금은 배우자나 가족에게 현금으로 한꺼번에 지불하지 않도록 하라.
8. 자녀들이 일찍부터 경제감각을 갖도록 교육하라.
9. 당신에게 적당한 부업을 생각해보라.
10. 도박은 금물이다.
11. 가진 것에 만족하라.

23 wise living

가난을 이겨라

가난해서는 절대로 행복하게 되지 않는다.

세상에는 가난해도 정신만은 행복하다고 하는 사람이 있으나 그 행복은 자기 자신에 한한 아주 적은 것이고, 자칫하면 남에게 폐만 끼치게 되고, 한 사람의 환자조차 도와줄 여건이 되지 못한다.

사람이 가난하면 친구도 없어지고, 남한테 신용조차 받기 힘들며 나쁜 생각과 좋지 못한 성질을 갖게 되기 쉽다.

그러므로 우리 인간은 가난을 면하기 위해서 필사적으로 노력하지 않으면 안 된다.

24 wise living

인간의 능력

일반적으로 개개인은

자기 한계에 훨씬 못 미치는 삶을 산다.

인간은 다양한 능력을 지니고 있으면서도

이를 활용하지 못한다.

최대치 이하의 열의를 보이고

최고치 이하로 행동한다.

– 앤절라 더크워스의 《그릿》 중에서

※ 한계에 부딪쳤음을 느끼고 자리에 주저앉을 때가 있다. 그러나 바로 그때가 다시 일어나 주변을 살펴보아야 할 때이다. 적절한 시기인지, 능력을 잘 활용한 것이지, 최대치의 열의와 최고치의 행동이었는지를 다시금 점검하는 것이다. 지금 느끼고 있는 한계의 벽을 초월하는 능력이 우리에게는 무한하게 열려 있다.

25 wise living

인연의 시작

인연은 사람의 작품이 아니다.

하늘이 주는 특별한 선물이고 축복이다.

인연이 시작되면 그 다음 중요한 것은 속도가 아니라 깊이이다.

얼마나 빨리 성공하느냐보다 얼마나 의미 있는 인생을 사느냐가 중요하고, 얼마나 빨리 사랑이 타오르느냐보다 얼마나 오래 온기를 잃지 않느냐가 더욱 중요하다.

26 wise living

삶은 선택이다

삶이 고통에 처했을 때
아무리 어렵다고 해도
실망하거나 좌절하지 않아야 한다.
아무리 어렵더라도
사람이 적응하지 못할 상황이란 있을 수 없다.
특히 자기 주위의 사람들이 자신과 똑같이
고통스럽게 생활하고 있는 것을 본 경우에는 더욱 그렇다.
자기만이 불행한 사람에 속한다고 자학해서는 안 된다.
다른 사람들도 똑같은 고통을
겪고 있거나 겪어왔다는 사실을 명심하라.
지금의 불운과 고통이 없다면 미래의
행운과 안락함도 찾아올 수 없는 법이다.
그러므로 불행의 늪에 빠져 허우적거리고
아우성치는 것을 경계해야 한다.
현실이 고통스러울수록
사람의 의미에 대해 깊이 생각하고

침착하고 냉정하게 그 고통을 이겨내지 않으면 안 되는 것이다.

삶은 선택이다.

우리의 생활은 아침에 일어나서

밤에 잠들기까지의 일련의 행위이며,

사람은 날마다 자기가 선택하는 것이 가능한 무수한 행위 속에서

자기가 해야 할 행위를 끊임없이 선택한다.

삶에 대하여 올바른 선택을 할 수 있는 것은

그 사람의 성숙도와 맞물려 있다.

세상의 모든 것이 그렇듯 삶에 있어서의 선택도

숙성과정을 거쳐야 훌륭한 것이 될 수 있다.

올바른 선택을 할 수 없다면

인간적인 삶도 있을 수 없다.

– 톨스토이

27 wise living

감정다스리기

감정은 현재 상황을 어떻게 받아들이고 반응할 것인지에 대한 일종의 신호다.

우리가 스스로 감정을 잘 알아차리는 습관은 자신의 생각, 감정, 행동을 잘 파악하고 대처하는 가장 빠른 길이며, 우리의 감정과 기분이 본연의 임무에 충실하면 그것은 우리를 보호하고 무엇을 결단해야 할지 알려주며 삶에 풍성함과 특성을 부여한다.

그러나 감정과 기분에 지배당하면 과도한 스트레스와 고통, 변덕스러운 행동을 일으킨다.

1) 분노에 이성을 잃지 마라.

2) 우울한 기운의 전파자가 되지 마라.

3) 두려움에 정면으로 맞서라.

4) 긍정의 마인드를 가져라.

5) 모든 일이 '신의 한수' 임을 믿으라.

6) 원칙을 가지고 인내하라.

7) 지나친 긴장감에서 벗어나라.

8) 갈등이 있고 막힌 감정을 발산하라.

28 wise living

가장 빛나는 별

가장 빛나는 별은 아직 발견되지 않은 별이고 당신 인생의 최고의 날은 아직 살지 않은 날들이다.

스스로에게 길을 묻고 스스로 길을 찾아라. 꿈을 찾는 것도 당신, 그 꿈으로 향한 길을 걸어가는 것도 당신의 두 다리, 새로운 날들의 주인은 바로 당신 자신이다.

당신이 가장 빛나는 별이다. 다만 그 빛나는 순간을 아직 발견하지 못했을 뿐이다. 아니면 빛나는 방향을 향해 발걸음을 옮기지 않았을 뿐이다.

오늘에 머물러 있는 사람에게 빛나는 순간은 결코 오지 않는다. 저 먼 우주공간의 별을 찾아 그 꿈을 향해 두 다리를 내딛는 사람만이 새로운 날의 주인이 될 수 있다.

– 토마스 바샵의 《파블로 이야기》 중에서

29 wise living

현인이라 함은

1. 치우치지 않는 사람
2. 노력하는 사람
3. 남도 존중해주고 나도 인정받는 사람
4. 정확하게 알아서 지혜롭게 행동하는 사람

※ 세상에서 가장 믿을 수 없는 것이 사람이며 또한 세상에서 가장 믿을 수 있는 것이 사람이다. 사람에게 투자하라. 10명 중 한 명만 성공하면 9명이 배신하더라도 성공이라고 할 수 있다.

30 wise living

사랑의 십계명

1. 계산하지 말 것
2. 후회하지 말 것
3. 되돌려 받으려 하지 말 것
4. 조건을 달지 말 것
5. 다짐하지 말 것
6. 기대하지 말 것
7. 의심하지 말 것
8. 비교하지 말 것
9. 확인하지 말 것
10. 운명에 맡길 것

– 김대규의 《사랑과 인생의 아포리즘 999》 중에서

31 wise living

인생이란 무엇인가?

인생은 도전이다.	응하라.
인생은 선물이다.	받아라.
인생은 모험이다.	강행하라.
인생은 슬픔이다.	극복하라.
인생은 비극이다.	맞서가라.
인생은 의무다.	수행하라.
인생은 경기다.	치러라.
인생은 신비다.	벗겨라.
인생은 노래다.	불러라.
인생은 기회다.	잡아라.
인생은 여행이다.	끝마쳐라.
인생은 약속이다.	이행하라.
인생은 아름다움이다.	찬양하라.
인생은 투쟁이다.	싸워라.
인생은 목표다.	성취하라.
인생은 퍼즐이다.	풀어라.

32 wise living

쓸데없는 걱정

걱정의 40%는 절대 현실로 일어나지 않는 것

걱정의 30%는 이미 일어난 일에 대한 것

걱정의 22%는 사소한 고민이다.

걱정의 4%는 우리 힘으로는 어쩔 도리가 없는 것이다.

걱정의 4%만 우리가 바꾸어 놓을 수 있는 일에

대한 것이다.

– 어니 젤린스키 《모르고 사는 즐거움》 중에서

Mind Control

여러분의 하루는 어떻게 시작되는가?

당신의 하루가 시작될 때

먼저 기분 좋은 인사말을 주고받아 보라.

당신의 하루가 시작될 때 기분 좋은 글귀를 읽어보라.

그럼 당신의 하루는 그 어떤 날보다

소중한 하루로 채워질 것이다.

Part 2

마음 다스리기

01 mínd control

모든 앞날은 빛나는 희망이다

어제는 하나의 꿈이며

내일은 하나의 희망이다.

오늘의 삶을 충실히 살았을 때

지난날은 즐거운 꿈이며

모든 앞날은 빛나는 희망이다.

그러므로 오늘을 똑똑히 바라보라.

•
•
•

행복이 깃들리라.

홀로 있으면서도

오늘을 내 것이라고 노래하는 사람아

내일은 최악일지라도 그것이 대체 무엇이냐.

오늘 나는 충실한 삶을 누렸도다.

평화로운 마음으로 이렇게 노래하는 사람은

진정 행복하리라.

어깨의 짓누르는 삶의 무게를 이기지 못하는 사람들
삶의 목표를 상실하여 방황하는 사람들
숨 가쁜 현실 속에서 나를 찾아 헤매는 사람들
바로 지금 우리들의 모습이다.

⋮

어디로 가야 할지 무엇을 해야 할지
참으로 미로 같은 나날 속에서
그저 손을 놓고 있을 수만은 없다.
이제 한숨일랑 거두어라.
이제 눈물일랑은 깨끗이 닦아내라.
더 큰 세상, 더 넓은 세상을 향해
툭툭 털고 일어서라.

02 mind control

생각이 사람을 바꾼다

생각이 사람을 바꾼다.

생각이 행동을 낳고 행동이 습관을 낳고

습관이 운명을 바꾼다.

⋮

만일 네가 산 위의 장송이 되지 못하거든

계곡의 자목이 되어라.

개울가에 자라서 누구나 사랑하는 나무가 되어라.

만일 나무가 되지 못하거든 떨기나무가 되어라.

만일 떨기나무가 되지 못하거든 작은 풀이 되어라.

그래서 거리를 아름답게 하여라.

만일 네가 작은 풀이 되지 못하거든 억새풀이라도 되어라.

물가에서 자라는 제일 좋은 억새풀이….

⋮

너의 원수로 인하여

난로의 불을 뜨겁게 지피지 마라.

오히려 그 불이 너 자신을 불태울 것이다.

⋮

우리는 모두가 선장이 될 수는 없다.

그러나 선원이 되는 것도 좋다.

우리에게는 할 일이 있다.

큰일이 있다면 작은 일도 있다.

그리고 하지 않으면 안 되는 것도 있다.

만일 네가 큰 거리에서 피어나지 못한다면

작은 거리에서 피어나라.

만일 네가 태양이 되지 않으면 별이 되어라.

실패와 성공은 커지는 것이 아니다.

무엇이든지 가장 좋은 것이 되어라.

03 mind control

적을 미워하지 마라

적을 미워하지 마라.

적을 미워해야 하는 자신을 극복해야 한다.

미움은 적을 강하게 만들 뿐이다.

그 증오로 말미암아 잠이나 식욕, 혈압이나 건강,

자신의 행복까지 도망치고 만다.

우리가 이렇게 괴로움을 당하고 상처받으며

공격당하고 있다는 것을 알게 되면

적은 틀림없이 춤출 듯이 기뻐할 것이다.

증오로 결코 적을 물리칠 수 없다.

오히려 스스로가 지옥 같은 처참한 상태에

시달리게 될 것이다.

•
•
•

우리는 끊임없이 성공과 명성과

안락한 생활을 추구한다.

그러나 우리가 행복할 수 있는 유일한 길은

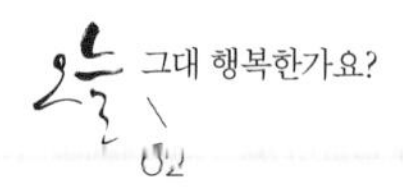

누군가에게 혹은 무엇인가에 열중하는 것이다.

•
•
•

당신의 인생에 실패가 없다면 그것은

당신이 필요한 모험을 하지 않았다는

증거라고 할 수 있다.

•
•
•

삶을 풍요롭고 품위 있게 만들도록 노력해라.

다른 사람들을 비판할 시간조차 없을 것이다.

•
•
•

만물은 번성하면 반드시 쇠망하고

일어남이 있으면 무너짐이 있다.

속히 이루어지면 튼튼하지 못하고

급하게 달리면 넘어지는 예가 많다.

만발하게 핀 동산의 꽃도 일찍 핀 것은 먼저 시들고

더디게 자라나는 산기슭의 소나무는

무성하고 오래도록 푸르다.

타고난 운명에는 빠르고 더딤이 있으니

부귀영화도 다 때가 있다.

04 mind control

아름답고 향기로운 사람

명랑한 친구와 만나면 우리는 마치 주위가 밝게 빛나는 쾌청한 날씨 같은 기분을 느끼게 된다. 우리는 각자의 선택에 따라 세상을 궁전으로 또한 감옥으로도 만들 수 있는 힘을 가지고 있다.

•
•
•

만일 이 세상에서 가장 소중한 것이 있다면 시간만 한 것이 없을 것이다. 잃어버린 시간은 다시 돌아오지 않기 때문이다. 시간은 아무리 많아도 충분하지 않다. 그러므로 해야 할 일을 미루지 마라. 항상 가치 있는 일을 하라. 무슨 일이든 정성을 들이면 지금보다 더 좋은 결과를 낳게 마련이다.

•
•
•

원망을 쌓지 말고, 분노를 쌓지 말며, 내려 쌓이는 눈처럼 포근한 사랑을 쌓자. 집착도 미련도 훌훌 벗어 던지고 두둥실 떠가는 구름의 마음이 되자. 좋을 때도 궂은 날도 있게 마련이니 채웠다가 비울 줄 아는 달을 본받자.

절약만 하고 쓸 줄을 모르면 친척도 배반할 것이니 덕을 심는 근본은 마음 쓰기를 즐기는 데 있는 것이다.

가난한 친구나 곤궁한 친척들에게 제 힘을 헤아려 두루 돌보아 주라. 제집 광에 남는 물건이 있거든 남에게 주어도 좋으나, 공유 재산으로 몰래 남의 사정을 돌보아주는 것은 예가 아니다. 또한 권력가들을 지나치게 대우해서도 안 된다.

⋮

범접할 수 없는 절개는 있어도 향기로움이 없는 사람이 있다. 아름다운 향기는 지녔지만 잎새와 조화를 이룸 없이 혼자서만 고고한 사람이 있다. 푸른 잎에 둘러싸였어도 향기가 없는 건조한 사람이 있다. 꽃과 잎새와 절개와 향기를 다 갖춘 사람은 만나기가 힘들다.

05 mind control

감사하는 마음

고요히 앉아본 뒤에야 보통 때의 기운이 경박했음을 알았다.
침묵을 지킨 뒤에야 지난날의 언어가 조급했음을 알았다.
일을 뒤돌아본 뒤에야 전날에 시간을 허비했음을 알았다.
문을 닫아 건 뒤에야 앞서의 사귐이 지나쳤음을 알았다.
욕심을 줄인 뒤에야 예전의 잘못이 많았음을 알았다.
정을 쏟은 뒤에야 평일에 마음씀씀이 각박했음을 알았다.

•
•
•

할 일 없이 한가한 것은 한가한 것이 아니라 심심하고 무료한 것이다.

한가하다는 말은 내 마음이 하고 싶어 하는 것을 마음대로 할 수 있음을 뜻한다. 군자가 호연지기를 키울 수 있을 때는 바로 한가한 때이다. 하지만 소인의 한가로움은 그를 더욱더 한심한 인간으로 만들 뿐이다.

•
•
•

가을 물 같은 차가운 담백함, 가난한 사람의 마음은 이와 같아야 한다. 가난한 사람의 욕심처럼 추한 것이 없다. 봄바람처럼 따스한 마음, 침묵의 수련자라 해도 이러한 따스함을 지녀야 한다. 품이 넉넉지 않은 침묵은 다른 사람을 불편하게 한다. 자신을 다스림은 가을 기운을 띠어야 하나 세상을 살아감은 봄기운처럼 따뜻해야 한다.

⋮

이른 새벽 눈을 뜨면 주어진 하루가 있음을 감사해야 한다. 밥과 몇 가지 반찬, 풍성한 식탁은 아니어도 허기를 달랠 수 있는 한 끼 식사를 할 수 있음을 감사해야 한다.

누군가 나에게 경우에 맞지 않게 행동할지라도 그 사람으로 인하여 나 자신을 뒤돌아볼 수 있음을 감사할 줄 알아야 한다.

06 mind control

마음은 모든 일의 주인이다

마음이 모든 일의 주인임을 알아야 한다.
물질은 오히려 거추장스러운 질곡일 뿐이다.
근심과 우환을 지닌 비단옷이기보다는
맑고 한가로운 삼베옷이고 싶다.
좁은 길 혼자서 뚜벅뚜벅 걸어가면 무슨 재민가?
다른 사람이 오기를 기다렸다가 어깨를 부비며
함께 갈 일이다.
맛있다고 혼자 다 먹어치우면 무슨 맛인가?
이것 좀 같이 맛보자고 권해
그가 맛있게 먹는 것을 보면
내 음식이 더욱 귀하다.
세상은 이렇게 도란도란 살아가는 것이다.
그러면 즐거움의 꽃이 핀다.

사람이 살면서 가장 연연해하는 것은 과거이고, 가장 바라고 소망하는 것은 미래이며, 가장 소홀하기 쉬운 것은 현재이다.

과거는 이미 흘러간 물이 되었으니 얽매일 필요가 없다. 미래는 아득하기가 마치 바람을 손으로 잡으려는 것과 같으니 바랄 수가 없다. 오직 이 현재에서 힘든 처지에 있건, 좋은 처지에 있건, 때를 얻으면 행하고 때를 얻지 못하면 멈추어 마땅한 이치와 주어진 상황에서 최선을 다하려는 마음이 있어야 할 것이다. 시간이나 보내면서 훗날을 기다리며, 책임을 다른 사람에게 미루고 세월을 헛되이 보낸다면 참으로 안타까운 일이다.

07 mind control

참으로 아름다운 사람

누구나 과거를 회상하며 기회를 놓친 것을 안타까워한다. 출세할 기회, 돈을 벌 기회, 공부할 기회…. 하지만 그 중에서 우리가 놓친 가장 안타까워해야 할 기회는 사랑할 기회를 놓친 것이 아닐까?

•
•
•

문제는 의지에 있고 성심에 있다. 적당히 남들 하는 만큼만 하면서 일이 이루어지지 않는다고 투덜대지 마라. 서둘지 않고 쉬지도 말고 성실하게 나아가야 한다.

•
•
•

사람이 부지런하다는 것은 돈으로 살 수 없는 보배가 되는 것이요, 일을 함에 있어 조심하는 것은 자기 몸을 보호하는 부적이 된다.

•
•
•

행복이란? 밖에서 오는 행복도 있겠지만 내 마음 안에서 꽃향기처럼 피어나는 것이 진정한 행복이다.

•
•
•

나의 자유가 소중하듯이 남의 자유도 똑같이 존중해주는 사람, 남이 실수를 저질렀을 때 자기 자신이 실수를 저질렀을 때의 기억을 떠올리며 그 실수를 감싸 안는 사람.

남이 나의 생각과 관점에 맞지 않는다고 해서 그것을 옳지 않은 일이라 단정 짓지 않는 사람, 나의 사랑이 소중하고 아름답듯 그것이 아무리 보잘것없는 작은 것이라 할지라도 타인의 사랑 또한 아름답고 값진 것임을 잘 알고 있는 사람, 잘못을 저질렀을 때 '너 때문에'라는 변명이 아니라 '내 탓이야' 하며 멋쩍은 미소를 지을 줄 아는 사람, 기나긴 인생길 결승점에 일등으로 도달하기 위해 다른 사람을 억누르기보다는 비록 조금 더디 갈지라도 힘들어하는 이의 손을 잡아당겨주며 함께 갈 수 있는 사람은 참으로 아름다운 사람이다.

08 mind control

무소유

옷이 해지면 버리고 새 옷을 찾으면서 제 몸이 낡아 쓸모없게 되면 훌훌 털어버릴 줄 모른다. 천년만년 살겠다고 오히려 제 병을 재촉한다. 천지간에 살아가는 나는 또한 한낱 티끌에 불과한 것을….

•
•
•

눈에 티가 들어가서는 견딜 수 없고 이빨 사이에 조그만 것이 끼어도 참을 수가 없다. 내 소유가 아니기 때문이다. 그런데 어찌하여 마음속에 그 많은 가시를 지니고도 오히려 아무렇지도 않을 수 있단 말인가?

•
•
•

자기가 나설 곳이 아닌 곳에 함부로 나서지 마라.

세계에는 빈 곳이 얼마든지 있다.

어디에나 함부로 나서는 사람은 대개 자기의 능력이 없는 자이기도 하고, 자기의 천직을 자각하지 못한 자이기도 하다.

기적은 다른 곳에 있지 않다. 살아 있는 지금 이 순간 모두 기적이다. 희망과 사랑과 행복을 뿜어내는 곳이 기적의 현장이다. 기적은 나와 동떨어진 남의 일도 아니다. 나의 삶, 나의 행동, 나의 마음 안에 늘 새롭게 태어나고 있다.

⋮

겉보기는 번지르르한데 내실이 없다. 내실이 없고 보니 자꾸 겉을 꾸며 부족한 제 속을 감추려 한다. 그런가 하면 겉에서 보기엔 부족함을 견디기 어려울 듯한데 정작 즐겁게 삶을 영위해가는 사람도 있다.

겉보기의 넉넉함이란 물질의 풍족으로 꾸밀 수 있지만 내면의 넉넉함은 물질로 꾸밀 수가 없다. 물질의 부족함이 내면의 충만함을 방해하지 못한다. 오히려 물질이 넉넉할수록 내면은 고갈되어가는 이치를 알아야 한다. 배가 너무 부르면 머리가 맑을 수가 없는 것이다.

09 mind control

안분지족 1

가난한 것은 부끄러운 것이 아니다. 정작 부끄러운 것은 가난하면서도 뜻을 세우지 못함이다.

천한 것은 미워할 것이 아니다. 정작 미워할 것은 천하면서도 능력이 없는 것이다.

늙음은 탄식할 것이 못 된다. 정작 탄식할만한 것은 늙도록 헛되게 사는 것이다.

죽는 것은 슬퍼할 것이 못 된다. 정말 슬픈 것은 죽고 나서도 아무 들림이 없는 것이다.

뜻이 있을진대 가난은 부끄러운 것이 아니다. 단지 불편할 뿐이다.

재능을 지녔다면 신분이 천하다고 해서 미워할 일이 아니다. 높은 지위에 있으면서 무능한 인간보다야 낫지 않겠는가?

늙어서도 헛되이 인생을 낭비하는 삶을 산다면 그 세월이 불쌍하다.

아무것도 이룬 것 없는 삶 끝에 맞는 죽음은 씁쓸한 뒷맛을 남긴다.

그는 도대체 어떤 인생을 살았는가?

⋮

위로하는 것만큼 위로받으려 하지 말고, 이해하는 것만큼 이해받으려 하지 말며, 사랑하는 것만큼 사랑받으려 하지 마라. 왜냐하면 주는 가운데 우리가 받게 된다.

⋮

가장 만족스러운 일은 배고플 때 먹는 한 그릇 밥만 한 것이 없고, 마음에 가장 흡족한 때는 단잠을 자는 것보다 나은 것이 없다. 바라는 것이 기본적 욕구보다 지나치면 무리하게 되어 사고를 치게 된다.

⋮

화가 날 때는 참지 말고 잊도록 노력하라.
슬프면 엉엉 울어라.
근심걱정이 있을 때는 몸을 많이 움직여라.
우울할 때는 큰소리로 노래를 불러라.

10 mind control

현명한 사람은 남의 경험에서도 배운다

오래 살기를 원한다면 하루하루를 아끼는 것 같음이 없다. 그 가치는 크고 귀한 보옥에 비유하더라도 충분하지가 않다. 능히 하루를 아낄 수만 있다면 하루를 이틀이 되게 할 수가 있고 백년이 천년이 되게 할 수도 있다.

⋮

겉모습에 의존하지 않고 혜안으로 사랑을 느낄 수 있다면, 가슴으로 사랑을 지킬 수 있다면 그 사랑은 아름다움이 사라지지 않으며, 상대방이 눈에 보이지 않아도 소멸되거나 지워지지 않을 것이다.

⋮

현명한 사람은 남의 경험에서 배우고, 평범한 사람은 자신의 경험에서 배우며, 어리석은 사람은 어떠한 경험에서도 배우지 못한다.

사람이 깊이 생각지 않으면 인생의 슬퍼할만함을 알지 못하고, 깊이 생각지 않으면 인생의 즐길만함을 알지 못한다.

우리네 인생이 슬픈 줄을 아는 사람과는 더불어 티끌세상을 향한 마음을 깨뜨릴 수가 있고, 우리네 인생이 즐거운 줄을 아는 사람과는 함께 허무의 가르침을 깨뜨릴 수가 있다.

⋮

원망이 마음속에 뿌리내리지 않게 하라.

원망이라는 것은 마음에 벽을 만들어 사람들이 들어오지 못하게 할 뿐 아니라 속에 있는 생각마저도 밖으로 나가지 못하도록 하는 장해물이 된다.

11 mind control

지혜로운 사람이 사는 방법

세상만사는 대개 만족하기 어렵고, 독서 또한 죽을 때까지 해도 못다 함이 있다. 사람이 어찌 만족함을 알지 못하면서 한마음으로 책 읽기를 하지 않으랴!

•
•
•

삶의 지혜가 책 속에 들어 있다.

책은 마르지 않는 우물이다.

하루도 물을 마시지 않고는 살 수가 없듯 하루도 책을 읽지 않고는 살 수가 없다.

•
•
•

〈지혜로운 사람이 사는 방법 세 가지〉

1. 세상의 좋은 사람을 죄다 알고 지내는 것이고,
2. 세상의 좋은 책을 다 읽어보는 것이며,
3. 세상의 좋은 산수를 다 구경하는 것이다.

내일 태양이 뜰 텐데 비가 올 거라고 걱정하는 사람에게, 행복과 불행의 양이 같다는 것을 알지 못하고 아직 슬픔에 젖어 있는 사람에게, 늙기도 전에 꿈을 내던지려고 하는 사람에게, 또한 세상은 꿈꾸는 자의 것이라는 진리를 아직 외면하고 있는 사람에게….

당신들은 상처받기를 두려워할 만큼 늙지 않았다. 멀리뛰기를 못할 만큼 다리가 허약하지 않다. 우산과 비옷으로 자신을 가려야 할 만큼 외롭거나 비관적이지도 않다. 무엇보다도 별을 바라보지 못할 만큼 시력이 나쁘지도 않다.

당신에게 필요한 것은 단 한 가지, 마음을 바꾸는 일이다. 마음을 바꾸면 인생이 바뀐다는 평범한 진리를 인식하고 이제, 당신들이 한때 가졌던, 그리고 아직도 당신 가슴속에서 작은 불씨로 남아 있는 그 꿈을 실현시켜보는 것이다.

12 mínd control

과유불급

부귀가 지나치면 교만하여 음란해지기 쉽고

빈천이 지나치면 움츠려 얽매이기 쉽다.

환난이 많으면 주눅 들어 두려워하기 쉽고

사람과의 접촉이 잦게 되면 꾸며 속이게 되기 쉽다.

교류함이 많으면 들떠 가볍게 되기 쉽고

말이 많게 되면 실수하기 십상이며

책을 너무 많이 읽으면 감개에 빠지기 쉽다.

•
•
•

바람은 언제나 예기치 않은 방향에서 불어온다.

바람의 방향이 바뀔 때마다

덩달아 마음이 흔들린다면

군자의 마음가짐이라 할 수 없다.

뜻하지 않은 어려운 시기에도

바깥에 마음을 쏟지 않고 담담할 수 있는 것은

가슴속에 학문의 온축이 있기 때문이다.

낙락장송과 같아야지
휘휘 늘어진 버들가지로는 안 된다.
봄날엔 버들이 보기 좋아도
가을이 지나면 본색이 드러난다.
모름지기 가슴에 바람서리를 지닐 일이다.
범접하기 힘든 서늘한 기상을 간직할 일이다.
다만 그 서늘함은 그저 매몰차기만 해서는 안 된다.
속으로 따뜻함을 머금어야 한다.

•
•
•

배움이 많아지면 번거로워지고
도를 익히면 간략해진다.
많이 알려고 한다거나 많이 안다는 것만으로는
인간의 내면적인 삶에 도움이 되지 못하고
진리와 더불어 일체감을 느껴
그것을 실천할 때 비로소 사람은
가치 있는 삶을 누리게 된다.

13 mind control

군자의 애석함

군자가 느끼는 세 가지 애석함이 있다.

인생에 배우지 않는 것, 이것이 첫 번째 애석함이요, 오늘 하루를 등한히 아무 일 않고서 보내는 것, 이것이 두 번째 애석함이며, 이 몸이 한 번 그르치는 것, 이것이 세 번째 애석함이다.

⋮

쉼 없이 한결같이 노력하는 삶은 아름답다.

스스로 자족하여 더 나아가려 하지 않는 삶은 속빈 강정이요, 그림의 떡이다.

⋮

근심이 있을 때는 술을 함부로 마시지 말고, 화가 났을 때는 편지를 쓰지 마라.

⋮

남이 나를 속인다고 가볍게 발끈하지 마라. 남이 나를 모욕해도 바로 감정의 일렁임을 드러내지 마라. 내가 침묵할수록 내가 태연할수록 상대방은 더욱 조바심이 나고 자꾸 두려운 느낌이 일어날 것이다.

온 힘을 다해 칼을 휘둘렀는데 헛치고 만 듯한 느낌을 갖게 될 것이다.

•
•
•

만일 내가 어떤 사람에게 '나는 당신을 사랑한다'고 말할 수 있다면, 나는 당신을 통해 모든 사람을 사랑하고, 당신을 통해 세계를 사랑하고, 당신을 통해 나 자신도 사랑한다고 말할 수 있어야 한다.

14 mind control

행복할 의무

인간에게 주어진 의무는 아무것도 없다. 그저 행복해야 한다는 한 가지 의무뿐이다.

우리는 행복해지기 위해서 세상에 왔다. 그런데도 사람들은 스스로 행복을 만들지 못하고 불행 속에서 헤매고 있다.

•
•
•

환란에 처했을지라도 마음이 편안하고 빈천에 살면서도 마음은 부귀로우며 움츠려 힘들 때도 마음이 광대하다면 어디를 가도 태연치 않음이 없으리라.

깊은 골짜기에서도 큰 길을 보고 질병 속에서도 강건함을 찾으며 예측할 수 없는 곤란 속에서 문제 없음을 본다면 어디를 가도 편하지 않음이 없을 것이다.

•
•
•

덕행은 언제나 곤궁 속에서 이루어지고 몸을 망치는 것은 대부분 뜻을 얻었을 때이다. 뜻을 얻었을 때 더욱 겸허할 일이다.

지극한 역경에 이르지 않고는 평일의 편안함을 알지 못한다.

지극히 각박한 사람과 만나지 않고는 중후함의 실질을 알 수가 없다.

처리하기 어려운 일을 겪어보지 않고는 마음에 맞는 아름다움을 알지 못한다.

•
•
•

열매는 나뭇가지 아무데서나 열리는 것이 아니다.

봄, 여름의 그 화사한 꽃들이 다 떨어지고 난 다음, 꽃이 진 그 자리에 윤기 있고 알찬 열매들이 조금씩 조금씩 커지는 것이다. 인생의 열매도 마찬가지다. 기쁨이라는 꽃, 행복이라는 꽃, 기대와 자랑이라는 꽃이 진 다음에, 너무 마음 아프게 사라진 바로 그 절망의 자리에서 조그마한 열매가 맺히고 그 열매가 자라는 것이다.

내가 원하는 것을 잃었다고 너무 슬퍼하지 마라.

그 자리는 바로 열매가 맺힐 자리이다.

15 mind control

홀로서기

세상은 언제나 조금 부족한 듯이 살아갈 일이다.

크게 나쁜 일 없는 것이 바로 희소식이다.

조그마한 일에도 일희일비 안절부절못하다가 막상 큰일이 닥치면 그대로 주저앉아 남의 탓만 해댄다. 작은 일은 대범하게 넘길 줄 아는 도량을 길러야 한다.

•
•
•

어려울 때 입은 남의 도움은 뒷날 내가 갚지 않으면 안 될 큰 빚이다.

내가 받은 것은 하나인데 갚아야 할 것은 열이다. 그 열이 아까워서가 아니라 그때 그 고통을 참아내지 못한 것이 부끄러운 것이다. 그리고 나의 잊고 싶은 부분을 알고 있지 않은가? 내게 닥친 어려움은 내 한 몸으로 감당해내도록 노력할 일이다.

•
•
•

일에 짓눌려 힘들 때는 그보다 더 힘들었을 때를 생각하라. '그

때도 견뎠는데…' 하면 힘이 솟아나리라.

순간의 얻고 잃음에 연연하지 마라.

마음 쓴다고 해서 돌이킬 수도 없는 것은

운이려니 생각하면 마음이 오히려 개운해진다.

•
•
•

재주가 뛰어난 사람은 진실로 많은 복을 얻지만 재앙을 얻는 경우도 적지 않다. 재주가 부족한 사람은 이치를 따라 분수에 만족하므로 큰 복은 없는 듯해도 또한 큰 재앙이 이르지도 않는다.

16 mind control

안분지족 2

많은 복과 큰 재앙은 가까운 거리에 있다. 어제의 복은 오늘 내게 재앙이 된다. 오늘의 복에 안주하지 마라.

순수를 따라 분수에 만족하는 삶은 화려함은 없어도 크게 실패를 보지는 않는다.

"교자 졸지노(巧者 拙之奴)"란 말이 있다. 재주가 많은 사람은 재주 없는 사람의 종이란 뜻이다. 재주 있는 사람은 그 재주를 자신을 위해 쓰지 못하고 남 좋은 일 하는 데 쓴다. 그에게 돌아가는 것은 똑똑하고 능력 있다는 허망한 칭찬뿐이다.

•
•
•

열 길 물 속은 알아도 한 길 사람의 속은 모른다고들 한다.

그러나 더 알 수 없는 것은 다른 사람의 마음이 아니라 바로 내 마음이다. 내가 내 마음을 알지 못하거늘 어찌 다른 사람의 마음을 알까?

•
•
•

늙음 속에 깃들인 삶의 지혜

어리석어 보이는 순박함

가난해서 오히려 맑은 청빈

담백함 속에서 음미하는 삶의 참맛

차가울망정 깨끗한 일상

소박해서 더 아름다운 생활

그런 가운데 잔잔히 빛나는 삶

이런 기쁨을 누릴 줄 아는 이가 없구나!

17 mind control

진정한 깨끗함

인생은 춥고 어둡고 음산한데
비는 오고 바람은 멎지 않는다.
내 마음은 쓰러져가는 과거 위에
아직도 매달려 있건만
바람 불 때마다 청춘의 희망은 뭉텅이로 진다.
날은 어둡고 음산한데

잠잠하라!
슬픈 마음이여 불평을 마라.
구름 뒤엔 아직도 태양이 빛나고 있거늘
네 운명은 모든 사람의 운명이리라.
사람마다 일평생엔 때때로 비 오는 날도 있을 것이며
어둡고 음산한 날도 있을 것이려니.

•
•
•

내가 깨끗하다 하여 다른 사람의 더러움을 포용치 못한다면 그것은 진정한 깨끗함이 아니다. 결벽증일 뿐이다. 내가 옳다고 여긴대서 다른 사람에게까지 그 길을 강요한다면 그것은 옳음이 아니라 자기도취일 따름이다.

가슴속을 비워 솔바람 댓바람 소리로 채울 일이다. 시냇물 소리를 흘려 넣을 일이다.

⋮

큰 희생을 하는 것은 어렵지 않지만
작은 희생을 계속하는 것은 힘이 든다.

⋮

사람들은 보이는 대로 보는 것이 아니라
아는 대로 보는 것이다.

18 mind control

산다는 것은 1

단단한 돌이나 쇠는 높은 데서

떨어지면 깨어지기 쉽다.

그러나 물은 높은 곳에서 떨어져도

깨어지는 법이 없다.

물은 모든 것에 대해서 부드럽고

연한 까닭이다.

저 골짜기에 흐르는 물을 보라.

그의 앞에 있는 모든 장애물에 대해서

스스로 굽히고 적응함으로써

줄기차게 흘러

드디어는 바다에 이른다.

적응하는 힘이 자유로워야

사람도 그가 부딪힌 운명에 굳센 것이다.

바늘은 사람에게 옷을 입게 하나
자신은 언제나 알몸이다.

•
•
•

어떠한 행복 속에서도 불행은 숨어 있다.
반대로 어떠한 불행 속에서도 행복은 숨어 있다.
그러나 우리는 어느 구석에 불행이 숨어 있고
어디에 행복이 숨어 있는지를 알지 못한다.
다만, 닥칠 때마다 헤쳐 나가는 지혜로움이 필요하다.

•
•
•

진정한 사랑은 인격을 높이고,
마음을 견실케 하고, 또 생활을 정화한다.

•
•
•

산다는 것은 배우는 것이요,
사랑하는 것이요, 일하는 것이다.

19 mind control

사랑이란 1

사랑이란
우리를 행복하게 하기 위해서만
있는 것이 아니다.
사랑은 우리들이 고뇌와 인고 속에서
얼마만큼 강할 수 있는가? 하는 것을
자기에게 보이기 위해서 있는 것이다.

•
•
•

우리가 가야 할 곳,
가는 길은 향락도 아니요,
슬픔도 아니다.
저마다 내일이 오늘보다 낫도록
행동하는 그것이 목적이요, 길이다.

•
•
•

희생을 치르는 것이 클수록 명예도 또한 크다.

우린 다시 시작할 수 있다.

그리고 지금은 처음일 수 있다.

슬픔은 홀로 슬퍼하고

외로움은 속으로 속으로

삭이는 것이지만

인생은 살아주는 게 아니라

살아가는 것이다.

살려거든 살아라.

•
•
•

이 날을 붙잡아라.

오늘을 즐겨라.

당신의 삶을 특별하게 만들도록 하라.

더 늦기 전에…

'지금', 인생의 최고의 시기는

언제나 '지금'이다.

20 mind control

자기를 지배하라

미래야말로 모든 비밀 중에서 가장 큰 비밀이다.

⋮

오늘만은 슬픔이 있더라도

내일은 꼭 기쁨이 있어야 하겠다.

⋮

마음의 만족을 얻고자 하거든

엄격하게 자기를 극복하는 기술을 배우라.

⋮

모든 일에는 3가지의 요소가 있다.

힘, 지혜, 의지이다.

⋮

공기의 저항이 없으면 독수리는 날아다닐 수 없고

물살의 저항이 없으면 배가 앞으로 나아갈 수 없다.

시계가 원형인 이유는
끝났다고 생각했을 때 비로소 시작되기 때문이다.
결코 포기하지 마라.

•
•
•

인간은 본질적으로 성공할 가능성의 존재다.
태어날 때부터 그 가능성을 받고 태어난 것이다.
그런데 왜 실패한 사람이 있는가?
자기의 능력을 믿지 않기 때문이다.
자기를 과소평가하기 때문이다.
남을 배신해서도 안 되지만
자기를 배신해서도 안 된다.
가장 위대한 사람은 자기 자신을 지배하는 사람이다.
역사의 위대한 인물들은 자신을 능숙하게 지배하여
역사에 훌륭한 업적을 남긴 사람들이다.
당신도 역사적인 인물이 될 수 있다.
자기를 지배하라.
자신을 알라.

21 mind control

사랑이란 2

사랑은 사랑하는 이유 말고
다른 아무런 이유가 없다.
사랑은 같이 있어주는 것
언제나 따뜻한 마음으로 이야기를
들을 준비가 되어 있는 것
아무리 주어도 아깝지 않은 것
그를 지켜봐주고
믿어주는 것이다.

사람이 약해지는 까닭은
다른 사람에게 인정받으려고
하기 때문이다.
사람이 강해지는 까닭은
자기 자신에게 이미
인정받았기 때문이다.

뜻을 얻은 곳에 두 번 가지 말고,
만족을 알면 위태롭지 않으리라.

•
•
•

바다는 메워도 사람의 욕심은 못 채운다.

•
•
•

하늘을 우러러보고 땅을 굽어보고 그리고 생각하라.
모든 것은 지나가며 산도 내도 다 지나가는 것이다.
인생의 여러 현상도 자연의 산물이니
모두 다 지나가는 것이다.
당신의 마음이 이런 경지에 이르면
곧 광명에 빛나기 시작할 것이다.

•
•
•

가장 행복한 사람들은 모든 면에서 가장 좋은 것만 가지고 있는 것은 아니다. 그들은 단지 대부분의 것들을 저절로 본인에게 다가오게 만든다.

22 mind control

지혜로운 사람

불행을 불행으로서 끝을 맺는 사람은

지혜가 없는 사람이다.

불행 앞에 우는 사람이 되지 말고

불행을 하나의 출발점으로 이용할 수 있는

사람이 되어라!

불행을 모면할 길은 없다.

불행은 예고 없이 도처에서 우리를 기다리고 있다.

어떠한 총명도 미리부터 불행을 막을 길은 없다.

그러나 불행을 밟고

그 속에서 새로운 길을 발견할 힘은

우리에게 있는 것이다.

불행은 때때로 유익한 자극제가 될 수 있다.

우리는 자기를 위하여 불행을

이용할 수 있는 것이다.

우리는 고생을 회피하려 들어서는 안 된다.

생명이 있는 한 고생은 있다.

고생을 하면 할수록 인생의 반석은 더욱 굳건해진다.

사람은 고생을 수없이 쌓으면서 생활력이 강해지고

정신력이 강해진다.

온실에서 곱게 자란 화초는 생명력이 약하다.

들판에 모진 비바람을 맞으면서 자란 잡초는

생명력과 저항력이 강하다.

고생을 두려워하지 마라.

고생의 벌판에서 악전고투하며 성장한 사람만이

성공할 수 있다.

역사적으로 위대한 철학, 위대한 종교,

위대한 문학, 위대한 예술은 모두

인생의 깊은 고생과 고뇌에서 탄생했다.

⋮

성취감과 인내가 있다면 어떤 상황에서도

고상함을 잃지 않는다.

23 mind control

인생의 목적은 행동이다

고통은 인간의 위대한 교사이다.
그 입김을 받음으로써 마음이 자라난다.

악이 우리에게 선을 인식시키듯이
고통은 우리에게 기쁨을 느끼게 한다.

사람은 요구가 너무 많기 때문에
늘 만족이 적은 것이다.

만족한 마음을 가질 수 없는 사람은
결코 만족한 생활을 할 수 없다.

실패를 두려워하기보다
진실치 못함을 두려워하라.

합리화를 개선하는 것보다는
제거하는 것부터 시작해야 한다.

기쁨과 절제와 안전이 있는 사람에게는
의사가 필요치 않다.

고난이 지나가면 반드시 단맛이 깃든다.

•
•
•

인생은 길지 않다.
그러므로 이것저것 생각하는 데
많은 시간을 소비해서는 안 된다.

•
•
•

인생의 위대한 목적은 지식이 아니라 행동이다.
행동하지 않는 지식은 종이에 불과하다.

24 mind control

재산은 사람을 어리석게 한다

추위에 떨어본 사람일수록 태양의 따스한 맛을 안다.

•
•
•

사람들은 소망을 안고 사는 동안은 아무리 고통스러워도

견디고 용감하게 살 수 있다.

•
•
•

지식은 사람을 웃게 하고

재산은 사람을 어리석게 한다.

•
•
•

따뜻한 노년을 위하여 젊을 때 난로를 만들어라.

•
•
•

진주는 진흙 속에 있어도 녹아 없어지지 않는다.

이미 이룬 일에 대해서는 말하지 마라.

이미 일을 시작한 것에 대해서는 충고하지 마라.

기왕 저지른 일에 대해서는 나무라지 마라.

왜냐하면 그들은 이미 결과가 어떻게 되었다는 것을

당신보다도 더 잘 알고 있다.

무심히 지나쳐 버릴 작은 것도 놓치지 않는 열의가

결국 큰 빛을 발할 것이다.

•
•
•

상대의 가슴에 감동을 주는 최고의 방법은

그가 가장 소중하게 여기는 것에 대해

관심을 가져주는 것이다.

•
•
•

아이들은 부모가 제공한 물질적인 것을 기억하는 것이 아니라, 부모가 아이들을 소중하게 여겼던 그 사실을 잊지 않고 기억할 것이다.

25 mind control

산다는 것은 2

산다는 것은 희망을 갖는 것이요,

용기를 갖는 것이요,

신념을 갖는 것이다.

희망이 있는 한 행복과 성공은 있다.

어떠한 역경 속에서도 절망하지 마라.

절망은 병을 부르고 죽음을 부른다.

인생이

한때 그대를 속이더라도 슬퍼하지 마라.

내일의 태양은 또다시 뜬다.

희망이 있는 한 삶은 결코 끝난 것이 아니다.

그대 인생의 푸른 초원에

희망의 씨를 뿌려라.

•
•
•

하늘을 날고 싶은 충동이 느껴지는 순간

누가 느릿느릿 걸어가고만 있겠는가?

경험을 통해 내가 직접 깨달은바
누구나 꿈을 이루기 위해 자신 있게 밀고 나가고
원하는 삶을 살기 위해 열심히 노력하면
언젠가는 뜻밖의 성공을 거두게 된다.

•
•
•

숲을 걸었다.
길이 두 갈래로 갈라졌다.
나는 인적이 드문 길을 택했다.
그리고 모든 것이 달라졌다.
인간은 언제나 두 길 중에 한 길을 택해야 한다.

26 mind control

한결같은 친절

가장 진실한 지혜는 사랑하는 마음이다.

⋮

하나님은 나를 사용해 이 세상을 사랑하신다.

⋮

삶을 사는 방식에는 오직 두 가지가 있다. 하나는 모든 것을 기적이라고 믿는 것이고 다른 하나는 기적이 없다고 믿는 것이다.

⋮

사랑은 아름다운 꽃이다. 그러나 낭떠러지 끝에 가서 따야 하는 용기를 필요로 한다.

⋮

사랑과 기술이 한데 어울리면 걸작품이 탄생한다.

비록 좁고 구부러진 길일지라도 사랑과 존경을 받을 수 있는 길이라면 계속 걸어가라.

⋮

이 세상에서 가장 훌륭한 질문은 바로 이것이다.

내가 이 세상에 살면서 잘할 수 있는 것은 무엇일까?

⋮

한결같은 친절은 세상을 아름답게 한다. 모든 비난을 해결한다. 얽힌 것을 풀고 곤란한 일을 수월하게 하고 암담한 것을 즐거움으로 바꾼다.

⋮

매력 있는 사람, 아름다운 인생, 이런 것에 끌리는 것은 누구나 할 수 있는 일이다. 그러나 그런 것은 진정한 의미의 사랑은 아니다. 색 바랜 누더기처럼 지쳐 있는 사람에게 손을 내밀어주는 것, 인생을 포기하지 않는 것, 그것이 진정한 사랑이다.

27 mind control

삶은 멋진 선물이다

주어진 삶을 살아라. 삶은 멋진 선물이다.
거기에 사소한 것은 아무것도 없다.

•
•
•

하나님께서 당신을 어느 곳에 데려다 놓든
그곳이 바로 당신이 있어야 할 곳이다.
중요한 것은 우리가 무엇을 하느냐가 아니라
그 일에 얼마나 많은 사랑을 쏟고 있느냐이다.

•
•
•

하나님은 모든 곳에 다 계실 수가 없기 때문에
어머니를 만드셨다.

•
•
•

시간은 모든 슬픔을 치유한다(세월이 약이다).

우리는 신의 뜻이 어디에 있는지 알지 못한다.
신은 모든 인간에게 매일 그 자신을 드러내 보이지만
우리는 소리 없는 그의 목소리에
귀를 기울이지 않는다.

•
•
•

슬픔은 혼자 살그머니 오지 않고
친구를 동반하여 한꺼번에 밀려온다.

•
•
•

슬픔은 누구에게나 있다.
그것을 자기에게만 있는 것으로 알고
극대화해서 절망하고 좌절하는 사람은
의미 있는 삶을 살아갈 수 없을 것이다.
누구에게나 있는 슬픔쯤
좀 무시하며 살아가면 어떨까?

28 mind control

죽을 때 후회하는 것

좋아하는 일을 직업으로 삼아라.

그럼 평생 동안 억지로 일할 필요가 없다.

•
•
•

나는 내 안의 내가 원하는 곳으로 걸어갈 것이다.

다른 안내자를 고르는 것은 정말 싫은 일이다.

•
•
•

재능을 갖고 태어난 사람은 그 재능을

발휘하면서 가장 큰 행복을 느낀다.

•
•
•

사람이 죽을 때 후회하는 세 가지가 있다.

좀 더 참을 걸…

좀 더 베풀 걸…

좀 더 즐길 걸…

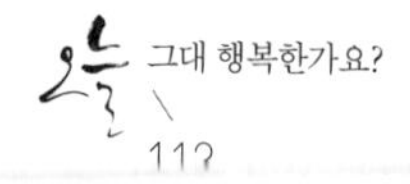

음악가는 음악을 만들어야 하고
화가는 그림을 그려야 하고
시인은 시를 써야 한다.
진정한 마음의 평화를 얻고자 한다면
자신이 원하는 일을 해야 한다.

•
•
•

나는 이 세상 아무데도 갈 곳 없어
좌절할 때가 한두 번이 아니었다.
그럴 때마다 내가 가진 지혜와
나에 관한 모든 것이 보잘것없어 보였다.

•
•
•

사랑은 거창하게 무엇을 주는 것이라기보다
사랑은 마음을 주고받는 일이기에
그의 마음에 햇살이 들도록 그에게
웃어주는 일이다.

29 mind control

당신이 태어난 이유

반드시 이겨야 하는 건 아니지만 진실할 필요는 있다.
반드시 성공해야 하는 건 아니지만
소신을 가지고 살아야 할 필요는 있다.

•
•
•

삶을 발전시켜주는 가장 큰 힘은
자신이 가진 가장 확실한 능력을 제대로 사용하는 것이다.

•
•
•

당신이 태어난 이유를 찾아라.
무슨 사명을 이루기 위해 이곳에 왔는가?
하나님은 평범한 모든 사람들에게
자신의 목적을 달성할 수 있는 능력을 주셨다.

기도하는 사람은

하나님의 은혜를 담을 수 있을 만큼 마음이 넓어진다.

•
•
•

행복한 사람은 상처가 없는 사람이 아니라

상처가 많지만 스스로 치유할 줄 아는 사람이다.

행복한 사람은 완벽한 사람이 아니라

자신의 부족함을 잘 알고

그 안에서 최선을 다하는 사람이다.

•
•
•

여러분이 정말 불행하다고 느낄 때

세상에는 당신이 해야 할 일이 있다는 것을 떠올려라.

당신이 다른 사람의 고통을 덜어줄 수 있는 한

삶은 헛되지 않다.

•
•
•

창조주만큼은 당신이 무언가에

최선을 다할 수 있다는 사실을 잘 알고 있다.

당신이 무언가를 찾아내는 것이

성공으로 가는 지름길이다.

30 mind control

최선을 다하라

다른 사람의 일을 성공적으로 완수하는 것보다
비록 불완전하더라도 자신의 일을 하는 것이 더 낫다.

⋮

사람의 능력에 한계는 없으며
가장 높은 곳은 모두에게 열려 있다.
다만 최고가 될 수 있느냐 없느냐는
당신의 선택에 달려 있다.

⋮

의심은 배신자이다.
의심은 시도할 마음조차 사라지게 만들어
손에 넣을 수도 있었던 행복을 놓치게 한다.

⋮

사랑으로라면… 당신은 모든 일을 잘 할 수 있다.

사랑은 다시 시작하게 하는 힘이다.

지쳐 주저앉은 나를 일으키는 동력이다.

새로운 길을 열어주는 가능성이다.

•
•
•

방심하지 마라.

믿음 위에 굳게 서라.

용기를 가져라.

강건하라.

네가 하는 모든 일을 사랑으로 하라.

•
•
•

지금 가지고 있는 것으로 현재의 위치에서

최선을 다하라.

•
•
•

시를 쓰는 것만큼이나

밭에서 땅을 가는 일에도 숭고함이 깃들어 있다.

31 mind control

자기 안의 능력

우리가 사랑으로 할 수 있는 일은

위대한 일이 아니라 사소한 일이다.

⋮

나는 한 번도 큰 계획이란 것을 세워본 적이 없다.

나는 다만 매일매일 최선으로 보이는 것을 하기 위해

노력했을 뿐이다.

⋮

자기 안에 어떤 능력이 도사리고 있는지

직접 해보기 전에는 아무도 미리 알 수 없다.

⋮

새벽은 깊은 밤으로부터 시작된다.

⋮

정열은 미래를 위한 매개자로서
희망이란 것과 동일한 것이다.
정열은 우리들의 욕망이 지닌 그 덧없음에
대항하는 유일한 방어수단이다.

•
•
•

썰물이 가고나면 밀물이 온다.

•
•
•

세상 모든 사람들이 상처를 받지만
많은 사람들은 상처를 통해 더 강해진다.

•
•
•

세상은 고통으로 가득 차 있지만
또한 고통을 극복하는 사람들로 가득 차 있기도 하다.

32 mind control

고난이 주는 용기와 지혜

기쁨은 나누면 배가 되고 슬픔은 나누면 반이 된다.

⋮

고통을 치료하는 방법은 고통을 충분히 느끼는 것이다.

⋮

고난은 잠자던 용기와 지혜를 깨운다.

사실 고난은

우리에게 없던 용기와 지혜를 창조해내기도 한다.

우리는 오직 고난을 통해

정신적 · 영적으로 성숙할 수 있다.

⋮

집에 들어오기 위해 문 밖에 서 있는 사람은

이미 힘든 여정을 마친 사람이다.

고통을 당할 때는 "괴롭군, 괴로워!"라고 말하지 마라.

하나님은 인간에게 절대 괴로운 짐을 지우지 않으신다.

대신 "쓰군, 써!"라고 말하라.

명약 중에는 쓴 잡초가 재료로 사용되기도 한다.

·
·
·

나는 힘겨운 고통이 가르치는 것을 믿지 않는다.

만약 고통이 스스로 가르친다면

온 세상이 현명해질 것이다.

이 세상 모든 사람들이 고통을 받고 있기 때문이다.

고통에다 슬픔, 이해, 인내, 사랑, 열린 마음,

그리고 고통을 감내하려는 의지를 더해야 한다.

·
·
·

언제나 약간의 두려움을 가지고 살면

참을 수 없는 절대적인 두려움에 빠지지 않는다.

33 mínd control

선택

시간이 지나면 사랑의 슬픔은 사라진다.

하지만 우리가 슬픔에서 벗어나고 싶지 않은 이유는

그 사랑을 간직하고 싶기 때문이다.

슬픔을 지우면 사랑 또한 지워지기 때문이다.

•
•
•

사랑하는 사람들과 함께 있지 않음으로 인해 생기는

공백은 아무것도 대신 채워줄 수 없다.

공백을 채울 다른 일을 찾는 것은 옳지 않다.

공백을 그대로 두었다가

사람을 만나는 열정으로 활용하라.

•
•
•

인생은 양파 같아서 껍질을 벗기면 벗길수록

눈물이 흘러내린다.

문 하나가 닫히면 이내 다른 문이 열린다는 것은
특별할 것 없는 인생의 규칙이다.
그러나 닫힌 문에 연연하여 열린 문을
소홀히 한다는 것이 인생의 비극이다.

•
•
•

없는 것을 슬퍼하지 않고
가지고 있는 것을 기뻐하는 자가 지혜로운 사람이다.

•
•
•

운명을 말할 것도 환경을 탓할 필요도
전혀 없다.
아직도 잠들어 있는 자기 자신을
일으켜 세워야 한다.
인생의 여명기인 젊은 시절을
허송세월하면 만회할 시간이 없어진다.

34 mind control

열정으로 살기

죽음을 맞이하는 순간에도 살기 위해 노력하자.

장의사가 일을 시작해야 할지 망설여질 만큼….

•
•
•

가장 위대한 일은

하나님의 자녀로 자신의 위치에 서서

매일 매일이 마지막 날인 것처럼 살되

내 삶이 백 년 동안 계속될 것처럼

계획을 세우는 것이다.

•
•
•

인생의 고통은 우리의 마음이

시시각각 변하기 때문에 생긴다.

•
•
•

사랑이 넘치면 즐거운 마음이 샘솟지 않을 수 없다.

이 세상에서 가장 중요한 것은

자기 자신이 되는 방법을 아는 것이다.

•
•
•

둘이 하나보다 낫다.

하나가 넘어지면 다른 하나가 일으킬 것이기 때문이다.

•
•
•

가능하다면 모든 사람과 더불어 평화롭게 지내라.

악을 악으로 갚지 말고 선으로 갚아라.

•
•
•

같은 꿈을 꾸는 친구는 성공의 가속페달이다.

성공을 거머쥘 날을 꿈꾸며 언제까지나 그 꿈을 잃지 말고 스스로 꿈을 이룰 수 있다고 믿어라.

그리고 그 꿈에 관한 이야기를 진지하게 들어줄 친구를 꼭 만들어라.

35 mind control

자신에게 최선을 다하는 사람

자신에게 최선을 다하는 사람은
사사로운 감정에 매달릴 여유가 없다.

⋮

만약 누군가를 설득하려 한다면
먼저 당신이 그의 진실한 친구라는 것을 알게 하라.
거기에 그의 마음을 사로잡는 한 방울의 꿀이 있다.

⋮

당신에게 선하게 대하는 사람들에게 선하게 대하라.
당신에게 선하지 않은 사람들에게도 역시 선하게 대하라.
그러면 선이 널리 퍼질 것이다.

⋮

진지하게 일하는 사람에게는 항상 희망이 있다.
나태한 사람에게는 늘 절망만이 있을 뿐이다.

좌절을 경험하는 사람은
자신만의 역사를 갖게 된다.
그리고 인생을 통찰할 수 있는
지혜를 얻는 길로 들어선다.
강을 거슬러 헤엄치는 사람만이
물결의 세기를 알 수 있다.
강물에 몸을 맡기고
물이 흐르는 대로 사는 인생도 있다.
그러나 늘 그렇게 흐르는 대로만 살면
알맹이를 잃게 된다.
인생은 때때로 강을 거슬러 올라야 한다.
보이지 않는 것을 찾아서
희망을 가진 사람만이 거슬러 오를 수 있다.
그러려면 용기와 체력을 키워야 한다.

36 mind control

한번뿐인 인생

현재를 놓치면 현재의 달콤함은 다시 맛볼 수 없다.

•
•
•

사소한 것들을 즐겨라.

어느 날 뒤를 돌아볼 때

그것들이야말로 중요한 것이었음을 깨닫게 될 것이다.

•
•
•

미래는 자신이 가진 꿈의 아름다움을 믿는

사람들의 것이다.

•
•
•

의심을 버리는 방법은 믿음을 키우는 것이다.

•
•
•

가장 지혜로운 자는 허송세월을 가장 슬퍼한다.

넘어야 할 한계가 없다면

도착한 후의 기쁨은 반으로 줄어든다.

건너야 할 어두운 계곡이 없다면

정상에서의 경이로움은 반으로 줄어든다.

⋮

인생을 짧다 하지만

우리는 부주의하게 시간을 낭비하여

짧은 인생을 더욱 짧게 만든다.

⋮

꿈꾸고 싶은 것은 마음대로 꿈을 꾸어라.

가고 싶은 곳은 어디든 가라.

되고 싶은 것은 되도록 노력하라.

왜냐하면 당신이 하고 싶은 일을 모두 할 수 있는 인생은

오직 한 번이고, 기회도 오직 한 번이니까.

37 mind control

시간이라는 보물

당신은 시간이라는 보물을 무심코 버리고 있다.

•
•
•

언제라도 "안녕!" 할 수 있는 마음의 준비와
여분의 삶을 뜻밖의 선물로 받아들이는 마음으로
그렇게 삶을 살아야 한다.

•
•
•

당신이 삶을 사랑한다면
시간을 낭비하지 않는 게 좋다.
시간이야말로 인생을 형성하는 재료이므로….

•
•
•

깊은 한겨울에
나는 마침내
내 안에 완강한 여름이 버티고 있음을 알았다.

무엇을 하느냐는 중요하지 않다.

중요한 것은

당신이 하는 일로 인해

당신의 영혼이 해를 입느냐 입지 않느냐이다.

만약 당신의 영혼이 해를 입는다면

무언가 돌이킬 수 없는 일이 일어나고 있는 것이다.

그것을 깨달았을 때는 이미 늦고 만다.

⋮

마음을 꼭 닫고 살았다면

이젠 그 마음의 문을 열어라.

마음의 씀씀이가 비록 크지 않더라도

그것을 주변의 사람을 향하여 사용해라.

항상 미소로 대하며 살아가라.

이는 내가 사랑을 받고 나눠야 할 책임이기 때문이다.

38 mind control

성공의 열쇠는 인내다

지름길이 돌아가는 길보다 항상 좋은 것은 아니다.

•
•
•

다른 사람에게 내가 어떤 사람인지는
내 자신에게 내가 어떤 사람인가보다
결코 중요하지 않다.

•
•
•

무슨 일이건 다 받아들여야 한다.
그리고 중요한 것은 최선을 다하는 것이다.

•
•
•

성공의 열쇠는 인내이다.
오랫동안 큰소리로 문을 두드린다면
분명 안에 있는 누군가가 잠을 깨고 나올 것이다.

인생의 어려움을 극복하고
성공을 향해 한 걸음씩 나아가고
새로운 소망을 품고 그 소망을 보고 기뻐하는 것
이것이 인생 최고의 즐거움이다.

•
•
•

가장 위대한 승리는 쓰러지지 않는 것이 아니라
쓰러질 때마다 다시 일어나는 것이다.

•
•
•

사랑에 전부를 걸어보자.
설령 그것이 슬픔을 가져오더라도….
그러나 그것이 바로 우리의 인생을
완전하게 만드는 유일한 길이다.

•
•
•

인생은 자신의 용기에 비례하여 수축하거나 확장한다.

39 mind control

작은 것이 소중하다

최악의 것은 최소로 만들고
최선의 것은 최대로 만들어라.

•
•
•

그 어떤 위대한 일도 열성 없이 이루어진 적은 없다.

•
•
•

모든 것이 믿음을 가진 자에게는 가능하다.

•
•
•

만일 맞서서 싸울 수 없고
달아날 수도 없을 경우에는 흘러가라.

•
•
•

오로지 죽음의 가장자리에서 살아보아야만
우리는 형언할 수 없는 삶의 기쁨을 이해할 수 있다.

사람들은 산에 걸려 넘어지지 않는다.

그들은 조약돌에 걸려 넘어진다.

작은 것들이 곧 중요한 것이다.

⋮

내가 깨달은 것은 바로 주는 것을 통해서

우리는 인생의 값진 것들을 받는다는 것이다.

⋮

사람은 자기 삶의 중심이 잡혀 있어야 한다.

그래서 매일 매순간 끊고 맺음을 분명히 해야 한다.

매사에 설왕설래하고 우유부단하면 본인은 물론이고

주변 사람들까지도 힘들고 피곤하게 된다.

특히 사람 앞에 서는 사람은 더욱 그러하다.

앞장선 사람이 중심을 잡아야

뒷사람도 흔들리지 않는다.

40 mind control

새로운 시작

모든 끝은 하나의 새로운 시작이다.

⋮

싸워서는 절대로 충분히 얻지 못한다.

양보하면 기대했던 것 이상을 얻는다.

⋮

세상에서 가장 부드러운 것들이

세상에서 가장 단단한 것들을 이긴다.

⋮

앞을 못 보는 것이 불행한 것이 아니라

앞을 못 보는 것을 견디지 못하는 것이 불행한 것이다.

⋮

하나의 문이 닫히면 또 하나의 문이 열린다.

아무리 그대의 사정이 어려울지 모르나

누군가 더 어려운 사람이 있다.

•
•
•

지나치게 도덕적이지 마라.

그대는 그렇게 해서 자신을 속여

많은 삶을 살지 못하게 할 수 있다.

도덕을 초월하는 것을 목표로 삼아야 한다.

•
•
•

사람의 참된 아름다움은 생명력에 있고, 그 마음씀씀이에 있고, 그 생각의 깊이와 실천력에 있다고 생각한다.

언제나 맑고 고요한 마음을 가진 사람의 눈은 맑고 아름답다. 내면을 가꾸라. 거울 속에서도 자신의 마음을 들여다보는 습관을 가져라. 내 마음의 샘물은 얼마나 맑고 깨끗한지, 내 지혜의 달은 얼마나 둥그렇게 떠올라 내 삶을 풍요롭게 비추고 있는지….

41 mind control

선택

우리는 절망을 누르고 희망을 선택할 수 있다.

비록 모든 것이 가망 없다고 느낄지라도….

우리는 증오를 누르고 사랑을 택할 수 있다.

비록 모든 것이 증오스럽다고 느낄지라도….

우리는 한숨을 누르고 미소를 택할 수 있다.

비록 가슴에는 커다란 슬픔을 느낄지라도….

우리는 악을 누르고 선을 택할 수 있다.

비록 우리가 나쁜 유혹을 느낄지라도….

그리고 무엇보다도

우리는 죽음을 누르고 삶을 택할 수 있다.

비록 우리가 모든 것을 끝내고픈

강한 충동을 느낄지라도….

여기에 인간의 위대함이

그리고 자유의 의미가 놓여 있다.

가능한 것이 무엇인지 아는 것이 행복의 시작이다.

•
•
•

세상에 좋거나 나쁜 것은 없다.

우리의 생각이 그렇게 만들 뿐이다.

•
•
•

지구상에 최대의 힘은 인간의 의지력이다.

•
•
•

꿈을 가진 사람은 머리가 좋은 사람을 이길 수 있다.

원대한 꿈을 가져라.

결코 포기하지 않는 강한 열정을 가져라.

철저하게 긍정적인 사고방식으로 무장하라.

그러면 주변에 운 좋은 사람들로 가득해질 것이다.

42 mind control

포기하지 않기 1

이기는 사람은 절대로 포기하지 않으며

포기하는 사람은 절대로 이기지 못한다.

⋮

세상에 절망하는 것보다 더 큰 어리석음은 없다.

⋮

우리들의 최대 영광은 한 번도 실패하지

않은 데에 있는 것이 아니라

우리가 실패할 때마다 일어나는 데에 있다.

⋮

가르치는 사람들은 항상 학생들에 대한

선입관을 피해야 한다. 그 선입관이

학생들의 자기성취 예언이 되기 때문이다.

상황이 혼자서

우리를 행복하거나 불행하게 만들지 않는다.

상황에 우리가 어떻게 반응하느냐가

우리의 감정을 결정한다.

예수님께서 천당이 우리 안에 있다고 말씀하셨다.

거기에는 또한 지옥이 있는 곳이기도 하다.

만일 누군가 다른 사람이

당신을 행복하거나 불행하게 만들 수 있다면

당신은 주인이 아니다.

당신은 노예에 불과하다.

자신의 주인만이 고뇌를 이길 수 있다.

•
•
•

결심을 한 사람은 절대로 '불가능하다'라는

말을 하지 않는다.

43 mind control

진짜 소중한 것

마음의 부만이 사람을 부유하게 하고
행복하게 만들 수 있다.

•
•
•

가장 부유한 사람은 가장 값싸게
즐거움을 얻는 사람이다.

•
•
•

촛불 하나를 켜는 것이
어둠을 저주하는 것보다 더 낫다.

•
•
•

나는 언제나 모든 사람들에 대해서
가장 좋게 생각하는 쪽을 택한다.
그렇게 하면 너무도 많은 골칫거리를 면하게 된다.

그대에게 없는 것보다는
그대가 갖고 있는 것들을 생각하라.
그대가 갖고 있는 것들 중에서
가장 좋은 것들을 골라놓고서 곰곰이 생각해보라.
만일 그대에게 그것들이 없다면
얼마나 그대가 열심히 그것들을 추구했을지….

•
•
•

사람들은 말한다. 뜨거우면 너무 뜨겁다고 말하고, 조금만 식으면 차갑다고 말한다. 부드러우면 좀 더 강해지라고 말하고, 강한 면을 보이면 좀 부드러워지라고 말한다. 조금이라도 부족하면 완벽하지 못하다고 말하고, 완벽하면 너무 완벽해서 무섭다고 말한다.

그래도 사랑하며 살아야 한다.
그것이 사람이기 때문이다.

44 mind control

경험과 선택

두 사람이 교도소 쇠창살로부터 밖을 내다보았다.

한 사람은 진흙을 보았고

한 사람은 별들을 보았다.

•
•
•

보복은 마음이 작은 사람들의 빈약한 기쁨이다.

•
•
•

기억하라. 어려운 때에

우리는 가장 많이 성장한다는 것을….

•
•
•

실패는

하나님께서 그대를 버렸다는 것을 의미하지 않는다.

그것이 진정으로 의미하는 것은 하나님께서

그대에게 더 좋은 기회를 주신다는 것이다.

사람의 삶을 변화시키는 가장 의미 있는 경험은
대개 인간의 언어로는 설명할 수가 없다는 것이다.
극적인 변화의 순간은 개인과 집단 때로는
문명 자체를 송두리째 변화시키고
우리의 이성과 관찰의 능력을 압도하여
초월해버리곤 한다는 것이다.
초월적인 경험은 일상적인 경험을 압도하며
물리적 우주를 뛰어넘어 과학이 측량할 수
없는 경지에 도달한다고들 한다.
즉 초월의 경험과 힘은 실존하지만
많은 과학자들은 이 수수께끼를 풀려는
일환으로
비록 지금은 과학이 신비체험이나
기도에 대한 응답이나 극적인 창조적 통찰 등의
신비로운 경험을 이해하지 못하지만
언젠가는 완벽하게 이해할 수 있으리라는
주장을 내놓곤 한다.
그들은 언젠가는 우주의 삼라만상이 계측가능한
시공간차원에서 설명할 수 있을 것이라고 주장한다.

45 mind control

믿음은 모든 것을 가능하게 한다

모든 것이 믿음을 가진 자에게는 가능하다.

•
•
•

하늘은 확실히 대임(大任)을 내리려고 하는 사람에게는
반드시 먼저 그 심지를 괴롭게 하고
그 살과 뼈를 고달프게 하고
그 몸과 살갗을 굶주리게 하고
그 몸을 궁핍하게 하여 하는 일들을 어지럽게 한다.

•
•
•

괴로움 중의 괴로움을 당하지 않으면
남의 위에 서는 사람이 되기 어렵다.

•
•
•

일고일락을 번갈아 연마하여 그것이 극에 달해
복을 이루게 된 자는 그 복이 비로소 오래 간다.

인생은 주어지는 것이 아니라 만들어지는 것이다.

•
•
•

힘을 내라.

힘을 내면 약한 것이 강해지고

빈약한 것이 풍부해질 수 있다.

•
•
•

밀알 하나가 땅에 떨어져 죽지 않으면

한 알 그대로 남아 있고 죽으면 많은 열매를 맺는다.

•
•
•

운이 있는 사람일수록 눈에 보이지 않는 힘을

자기 것으로 만든다.

불가능을 가능으로 바꾸는 긍정적인 예감이 필요하다.

좋은 예감을 많이 가진 사람이 성공한다.

46 mind control

포기하지 않기 2

아는 자는 오히려 말이 없고

말하는 자는 아무것도 모르는 자이다.

⋮

솔직하고 장부다운 인격에는 변명이 필요 없다.

⋮

인간의 마음은 비록 작을지라도

그 뜻은 커야 한다.

⋮

인생의 희망은 늘 괴로운 언덕길 너머에 기다리고 있다.

⋮

믿고 첫발을 내딛어라.

끝을 다 보려고 하지 마라. 그냥 발을 내딛어라.

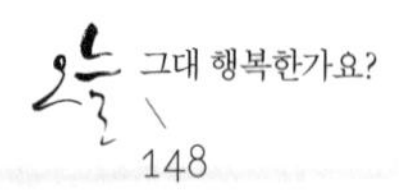

아침의 신선함이 한낮의 나른함으로 바뀌고
다리의 근육은 긴장으로 후들거리며
올라가야 할 길은 끝없어 보이고
그리고 갑자기 아무것도 그대 뜻대로 되지 않으려 할 때
이때가 곧 그대가 중지해서는 안 될 때이다.

•
•
•

인간의 위대함은 그 사람 생각의
위대함에 따라 결정된다.

•
•
•

이토록 아름다운 세상에 태어났음을
커다란 축복으로 여기고
가느다란 별빛 하나
소소한 빗방울 하나에서도
눈물겨운 감동과 환희를 느낄 수 있는
맑은 영혼이 되어야 한다.

47 mind control

위대한 성공이란

위대한 성공이란 것은
사람들이 패배의 투구를 벗은 시점을
불과 얼마 지나지 않았을 때에 찾아온다.

⋮

인생은
즐기면서 살아야 할 어떤 것이지, 더 나은 것들로 가는
도중에서 견뎌야 할 고통의 샘이 아니다.
인생은
천당으로 가기 위한 하나의 목적에 대한 수단으로
서둘러 지나가야 할 것이 아니라 길가에 있는 꽃들이다.
인생은 그것 자체로 즐겨야 한다.

⋮

우리는 우물이 마르기 전에는 물의 가치를 모른다.

늙었거나 젊었거나

우리는 모두 우리의 마지막 향해 길에 있다.

•
•
•

산다는 것은 세상에서 가장 드문 일이다.

대부분의 사람들은 존재하는 데에 그친다.

•
•
•

그대의 인생에서 가장 나쁜 것들은

그 자체 내에 가장 좋은 것들의 씨를 갖고 있다.

•
•
•

성공 예감은 작은 성공이라도

맛본 사람만이 누릴 수 있다.

돈이 많은 사람일수록 돈을 소중하게 다루며

운이 좋은 사람일수록 운을 소중히 여긴다.

48 mind control

시행착오

우리들은 시행착오에서 배우도록 의도적으로 설계되었다. 우리가 받은 교육 때문에 불행하게도 우리는 누구도 실수를 해서는 안 된다고 생각한다. 대부분의 아이들이 천재에서 비천재로 되는 것은 아이들이 실수를 할지 모른다는 부모들의 두려운 사랑 때문이다.

그러나 모든 발전은 실수에 의해 이루어졌다.

⋮

대부분의 사람들은 자기가 행복해지려고
결심한 정도만큼 행복하다.

⋮

미래는 내가 만들어가는 것이다.
내 생애 최고의 시기는 지금이다.

⋮

쾌활하게 생각하고 또한 행동하면
유쾌함을 느낄 것이다.

•
•
•

노력의 방향이 잘못되어 있지 않는 한 괴로운 시기가 길면 길수록 성공은 가까워지고 있는 것이다. 그런데도 성공을 눈앞에 두고도 중도에 포기하는 사람이 많다. 그들은 이름도 모르는 사람들에게 승리를 넘겨주고 마는 것이다.

•
•
•

그것이 무엇이건 인간이 상상하여 믿을 수 있는 일이면
반드시 실현시킬 수가 있다.

•
•
•

당신이 태어났을 때 당신 혼자만이 울고 있었고,
당신 주위의 모든 사람들은 미소 짓고 있었다.
당신이 이 세상을 떠날 때는
당신 혼자만이 미소 짓고
당신 주위의 모든 사람들이 울 수 있도록
그런 인생을 살도록 노력해라.

49 mind control

진정한 인내란

인내력을 갖는다는 것은 설사 자기 마음에 들지 않더라도
현재 이 순간에 마음의 문을 활짝 여는 것을 의미한다.
또 진정한 인내란
상대방에게는 아무 잘못이 없다고 생각하는 것이다.

우리들의 중대한 임무는
멀리 있는 희미한 사물을 보는 것이 아니고
뚜렷하게 자기 가까이에 있는 것을
몸소 실행하는 데에 있다.

현재 자신의 모습은
과거에 자신이 가졌던 생각의 결과다.

현명한 인간에게는 하루하루가 새로운 생활이다.

•
•
•

행복하리로다.

홀로 있으면서도 오늘이 내 것이라고

마음 편히 그렇게 말한 사람은….

내일은 최악의 것일지라도

오늘의 삶을 내 것으로 누리었나니….

•
•
•

오늘은 두 번 다시 오지 않는다.

•
•
•

입으로 불평만 하였다면 그 입으로 감사해라.

입이 하는 말은 무한대이다.

사랑, 위로, 감사하는 말과 함께

웃으면서 고맙다고 하여라.

이는 고운 입을 가지고 살아갈 기준이기 때문이다.

•
•
•

인간에게 행복을 주는 것은 자기 자신밖에 없다.

50 mind control

지혜로운 삶

공포를 극복한 인간은

수평선 저 너머까지 번영해나갈 것이다.

•
•
•

내일이 있다.

내년이 있다고 생각하는 동안에

시간은 점점 지나가버린다.

오늘이야말로 중요하고 올해야말로 중요하다.

•
•
•

지혜 있는 사람은 등불 같아서

어두운 세상을 밝혀준다.

•
•
•

실패는 부끄러운 일이 아니다.

개성이라는 금덩이를 캐내기 위해 필요한 것이다.

인생에서 위기에 직면했을 때
남이야 어떻게 생각하든 신경 쓰지 마라.
오직 극복할 수 있다는 신념을 가져라.
불운을 위해 어떻게 할 것인지는 자기 자신이 결정하라.
그리고 결심을 했다면
충실히 실천하는 것이 필수 조건이다.

⋮

불행을 겪고 나면 반드시 행복이 온다는 것을 믿는다면
참아내는 것도 그렇게 고통스럽지만은
않을 것이다.

어느 누구를 만나서 좋아하게 되든지
친구가 되어도 진정 아름다운 우정으로 남고 싶다면
아무것도 바라지 말아야 한다.
그냥 나의 친구가 되었으므로
그 사실만으로 기뻐하고 즐거워하라.
살아가는 동안 같이 아파하고
함께 웃을 수 있는 친구가 있다는 것만으로 감사하라.

51 mind control

시련은 인생의 벗이다

모든 것을 잃었을 때 나는 비로소 나의 인생을 살기 시작했다고 말하고 싶다. 불행은 하늘이 나에게 무엇인가를 가르쳐주기 위해 내린 것이라고 생각했다.

즉, 인간은 시련을 견뎌내는 인내력을 기르지 않으면 안 된다는 것, 우리 인간은 이 세상에서는 아무것도 소유할 수 없다는 것이다.

⋮

타인 때문이었다고 하더라도 원망하지 말고 용서하라.

그리고 만일 똑같은 일에 직면하더라도 보다 적극적으로 힘껏 대결할 결심을 하라. 예를 들어 타인과 싸우거나 성격이 맞지 않아 트러블이 생겼을 때는 상대를 비난하고 싶은 법이다. 그것이 인지상정이다.

그러나 상대가 오해한 데에는 당신도 한 역할을 했을지도 모른다. 언제까지나 상대방에 대해 불쾌한 기분을 가지고 있을 수는 없지 않은가?

자기 자신과 자신의 행동에 대한 신념만 가지고 있다면 어떤 장애나 실패도 겁낼 필요가 없다. 강한 신념에 비교한다면 어떤 장애물도 별것이 아닌 것이다.

⋮

태풍이 오면 자연이 변한다.
큰 나무가 사라지고 새로운 나무들이 자라나며
썩은 나뭇잎과 나뭇가지들은 자연으로 돌아간다.
태풍이 닥쳐도 크게 좌절할 필요가 없다.
모든 것은 자연의 법칙이니까.
사람도 마찬가지다.
시련이 닥치면 방향을 잃고 헤매는 사람도 있고
오히려 더 굳건하게 일어서는 사람도 있다.
태풍이 한번 오고 절대 마는 것이 아니듯이
시련도 끝났다 싶으면 또 시작하기도 한다.
시련을 인생의 벗이라 생각하라.
전진하는 사람의 벗!

52 mind control

포기하지 않기 3

옳다고 생각될 때는 끝까지 도전하여

중도에 포기하지 말자.

•
•
•

최후까지 버티면

자기가 바라는 결과를 얻을 수 있다는 것을 믿자.

•
•
•

역경에 처했을 때도 겁내지 말고

용기를 잃지 말자.

•
•
•

누가 무슨 말을 하더라도 흔들리지 말고

자신의 목적한 바를 끝까지 추구하자.

•
•
•

육체적 결점을 극복하도록 노력하자.

·
·
·

바라던 것을 얻게 될 때까지 몇 번이고 도전하자.

·
·
·

어떤 장애물이 앞을 가로막더라도 절망하지 말고
한번쯤은 반드시 '난 아름다운 인생을 살겠다'고
다짐해 보자.
그 어떤 고난과 멸시와 아픔이 있더라도
신념을 잃지 말고 아름다운 인생을 사는 것은
먼저 나를 깨우려는 몸부림치는 노력이 필요하다.
세상만물을 아름답게 사랑할 수 있는 눈이 열릴 때
비로소 생명의 환희를 제대로 바라보게 되고
진정 아름다운 삶을 살아가게 된다.

53 mind control

실패한 경험에서 배우기

이제 와서 어떻게 할 수도 없는 과거의 슬펐던

일들 때문에 가슴 아파하지 않도록 하자.

⋮

과거의 모든 경험에서 도움이 되는 것은

적극적으로 배우자.

⋮

어떤 처참한 실패를 했더라도 낙심하지 말자.

⋮

실패한 경험에서

성공으로 이끌어주는 아이디어를 찾아내자.

⋮

기억을 되살려서 도움이 될 만한 과거의 경험을 찾아내자.

중요한 것을 잃더라도 실망하지 말고
보람이 있는 인생을 보내는 방법을 찾아내자.

•
•
•

나쁜 일이 생겼더라도 선의로 해석하자.
그리고 옳게 살아가는 태도를 취한다면
최종적으로 승리의 월계관을 쓰게 될 것이다.

•
•
•

슬픔을 치료하는 최고의 약이자 가장 좋은 약은
무엇인가에 열중하는 것이다.
무엇인가에 열중한다는 것은
정신적 육체적으로 움직이는 것이다.
단순히 슬픔을 치료하거나 우울증의 차원을 넘어
정신적 육체적으로 살아 있다는 뜻이다.
일로든 취미로든 놀이로든 그 무엇으로든
지금 살아 있음을 표현하라.

54 mind control

행복한 삶

땀으로 대지를 갈아라.

눈물로 기도하여라.

혼으로 외쳐라.

피로 글을 써라.

정성으로 일에 몰두하여라.

인생을 열심히 살아라.

그러한 생활에 보람이 넘친다.

네 생명의 잔에 보람의 포도주를 부어라.

네 생활의 밭에 보람의 나무를 심어라.

네 마음의 방에 보람의 등불을 켜라.

그것이 행복한 삶이다.

•
•
•

마음에 태양을 가져라.

입술에 미소를 가져라.

그리고 용기를 잃어버리지 마라.

보답을 받지 못하는 노력이란 있을 수 없다.

당신의 노력이 지금까지는 눈에 보이는 업적을 올리지 못했는지는 모르지만 신념과 희망을 가지고 노력을 계속한다면 반드시 열매 맺을 날이 올 것이다.

그때 당신은 어둡고 괴롭던 지난날의 고통마저도 그리운 추억처럼 간직하게 될 것이며, 그런 경험에서 얻은 가치 있는 것에 감사하는 생각을 하게 될 것이다.

인내와 신념과 용기를 갖자.

당신 한 사람만이 거친 파도가 몰아치는 인생의 바다에 던져진 것이 아니다. 당신에게는 언제나 정신적인 지주가 되는 커다란 힘이 있다.

해야만 할 일을 해치웠다면 결과는 하늘에 맡기면 된다. 조용히 기도하는 마음으로 깊이 생각하면 문제해결의 열쇠를 틀림없이 찾을 수 있다.

•
•
•

성공을 거두기 위해 가장 중요한 것은
타인에게 봉사하는 것임을 잊지 말자.

55 mind control

맑게 개지 않는 장마는 없다

맑게 개지 않는 장마는 없다.
어둠이 지나면 새벽이 된다.
액운만 계속되는 인생도 없고
길운만 계속되는 인생도 없다.
행복의 날에는 방심하지 말고 자만하지 마라.
불운의 날에는 낙심하지 말고 좌절하지 마라.
불운이 왔을 때에는 세 가지의 덕이 필요하다.
첫째는 인내요, 둘째는 기다리는 것이요,
셋째는 희망을 갖는 것이다.
불운이 닥쳤을 때에는 꿋꿋한 의지력을 가지고
늠름하게 참고 견디어야 한다.
이 어두운 고난과 시련의 밤이 멀지 않아
끝나리라는 것을 믿고
밝은 희망 속에 즐거운 날을 바라보며
인내로 기다려야 한다.
인생은 다원적인 힘이 복합적으로 작용하는

험난한 역학의 무대이다.

그 힘 중에 운의 힘이 있다.

우리는 운의 힘에 흔들리는 나약한 노예가 되지 말고

운을 다스리는 씩씩한 주인이 되어야 한다.

•
•
•

우리 인생의 가장 위대한 발견은

자신의 마음가짐을 바꾸는 것으로 인해서

자신의 인생을 바꿀 수 있다는 것이다.

•
•
•

당신의 마음속에는 당신을 성공시키는 힘이 잠재하고 있다.

그러므로 NO라는 말 대신에 YES라는 말로

당신의 마음에 새긴 이상을 받아들여야 한다.

당신의 인생은 당신 자신이 창조해낸다.

•
•
•

신기하게도 우리가 생각한 일들이

현실로 이루어지는 경우가 많다.

행복하고 긍정적인 사람은 긍정적인 일들만 끌어당긴다.

실패에 대한 두려움을 미리 생각하지 마라.

56 mind control

타오르는 소망을 갖자

실패의 최대 원인은 일시적인 패배에
너무나 간단하게 단념해버리는 것이다.

성공을 믿는 사람에게만 성공이 주어진다.

오늘만은 두려워하지 않도록 하자.
특히 행복하게 되는 일,
아름다운 것을 즐기는 일, 사랑하는 일,
내가 사랑하고 있는 사람들이
나를 사랑하고 있다고 믿고
두려워하지 않기로 하자.

패배를 인정하지 않으면
누구에게도 패배는 있을 수 없다.

꿈을 꾸기만 해서는 안 된다.

타오르는 소망을 가져야 한다.

무엇을 원하는가?

그것을 결정하는 일이 인생의 첫걸음이다.

강렬한 소망은 반드시 실현된다.

⋮

진심으로 무엇인가를 끊임없이 추구하는 사람은

아무리 곤궁해도 도중에서 포기하지 않는다.

또 약간 성공했다 해서

그것으로 만족하지 않는다.

⋮

인디언들은 자신들이 힘들고 피곤해지면

숲으로 들어가

자신의 친구인 나무에 등을 기대선다고 한다.

그리고 그 웅장한 나무들로부터

원기를 받는다고 한다.

57 mind control

무엇을 할 것인가?

목표를 낮게 두는 것이

그 사람의 인생을 작게 만들어버린다.

•
•
•

성공하는 사람은 뜻을 높게 가진 사람이요,

큰 사업을 성취하는 사람은 근면 노력한 사람이다.

즉 인간은 얼마만큼 노력하는가에 따라

자유자재로 자기의 인생을 조절할 수 있게 된다.

•
•
•

사람의 천성이라는 것은

그다지 차이가 있는 것이 아니다.

그러나 태어난 후의 행동이나 사고방식의 차이에 의해

각자의 인생에는 큰 간격이 생기고 만다.

•
•
•

강물이 맑아지기를 기다리고 있다가는
인생이 다 가버릴 것이다.
때가 오기를 기다리고만 있다가
인생은 끝나버린다.
좋아! 해보자라는 결단을 내려
일어서는 일이 중요하다.

•
•
•

실패하면 즉시 새로운 계획을 세워
다시 목표를 향해 출범해야 한다.
도착하기 전에 단념해버린다면
당신은 단순한 중단자가 되어버린다.
중단자는 결코 승리를 얻지 못한다.

•
•
•

'나는 실패했느냐?'라고 묻지 말고
'나는 다음에 무엇을 할 것인가?'라고 물어라.

58 mind control

실패에 변명은 필요없다

이 세상에는 노력과 상상력 이상으로
가치 있는 것은 없다.

⋮

성공은 설명이 필요 없다.
마찬가지로 실패에 변명은 필요 없다.

⋮

사람은 일신상의 역경이나 빈곤에 꺾일 수가 있다.
그러나 그때의 운에 지나지 않는다.
최종 목표만 잃지 않고 끈질기게 버티면
반드시 다시 일어설 수 있을 때가 온다.

⋮

고난을 몇 차례 헤쳐 나온 끝에야 진짜 복이 찾아온다.
어떤 성공자라도 고난을 극복하며 견뎌냈다.

사람의 일생은 노력, 또 노력이 있을 뿐이다.
이 노력을 게을리하지 않는 자만이
살아남게 된다.

•
•
•

남의 의견에 좌우되는 사람이라면
아직 절실한 소망을 간직하고 있지 않다는
의미를 가지고 있다.

•
•
•

인내력의 결여는 실패의 최대 원인 중의 하나이다.

•
•
•

가난한 사람들은 왠지 가난을 미화한다.
가난한 사람들은 자신이 왜 가난한지를 모른다.
돈이 있고 돈 이상의 가치를 추구하는 사람만이
돈을 끌어당긴다.

59 mind control

불타는 소망

대부분의 사람들은 부를 바라고 있으나
부로 가는 길을 개척하는 결정적인 계획과
불타는 소망을 가진 사람은
극소수다.

⋮

모든 성공의 출발점은 소망이다.
그리고 그 종착점은 자기를 이해하고
남을 이해하고
대자연의 법칙을 이해하고
그리고 행복이라는 것을 인식하여
이해하는 데 있다.

⋮

어떤 상황에서도 재기하고 다시 회복할 수 있다는 신념과 희망을 결코 버려서는 안 된다.

남으로부터 비판을 받는 것이 두렵다는 이유에서
우리는 하찮은 일에도 신경을 쓰며
에너지를 낭비하고 있다.

•
•
•

힘을 내라. 힘을 내면 약한 것이 강해지고
빈약한 것이 풍부해질 수 있다.

•
•
•

나의 인생을 바꾸고 싶다면 언어가 바뀌어야 한다.
우리는 오늘 심는 말의 열매를 먹고 산다.

•
•
•

모든 문제의 답은 스스로 구하는 것이 중요하다.

•
•
•

성공의 사다리는 최상단에서는 결코 혼잡하지 않다.

60 mind control

기도란?

기도란

인연을 만드는 일이다.

세상사가 억지로 되는가?

간절한 바람없이 지극한 노력없이

이루어진 일이 또한 어디 있는가?

간절한 바람이

간절한 기도를 낳는다.

당장 이루어지지 않을 수도 있다.

그럴수록 더 간절한 마음으로 기도해야 한다.

그러면 하늘이 움직이기 시작한다.

사람을 붙여주고

물질을 채워주고

많은 인연을 만들어 준다.

그 인연에 힘입어 간절한 바람은 현실이 된다.

간절한 기도로 맺어진

인연은 오래 간다.

박수는 성공을 만드는 힘이다.

•
•
•

지성이 풍부한 사람은 결코 변명 같은 것을 하지 않는다.

•
•
•

한 사람의 꿈을 이루기 위해서는 많은 조건들이 필요하지만 가장 중요한 것은 한마디의 격려가 아닐까?

어릴 적 부모님의 따뜻한 말 한마디가, 선생님의 신뢰 있는 격려 한마디가 인생의 좌표를 굳게 설정하게 만든다.

사람을 변화시키는 가장 좋은 선물은 비록 적고 사소한 일일지라도 격려의 말을 아끼지 않는 것이다. 작은 물결이 모여서 큰 물결이 되듯이 그 힘은 꿈꾸지도 못했던 거대한 둑을 무너뜨릴 수도 있다.

61 mind control

어떤 불행에도 구원은 있다

악이 우리에게 선을 인식시키듯이

고통은 우리에게 기쁨을 느끼게 한다.

⋮

그대의 길을 가라.

남들이 뭐라고 하든 그대로 내버려 두라.

⋮

희생을 치르는 것이 클수록 영예도 또한 크다.

⋮

우리 인생의 기적을 일으키는 원동력은

남의 믿음이 아니라 자신의 믿음이다.

⋮

우리들이 실패하는 대부분의 원인은 자기 불신 때문이다.

어떤 불행에도 구원은 있다.

50%의 불행은 있지만

100%의 불행이란 것은 존재하지 않는다.

나머지 반은 반드시 좋은 일이다.

우리는 그것을 알아야 한다.

•
•
•

살며 사랑하고 배우며 웃어라.

이것이 우리가 이곳에 존재하고 있는 이유이다.

삶은 하나의 모험이거나

그렇지 않으면 아무것도 아닌 것이다.

지금 이 순간,

가슴 뛰는 삶을 살아야 한다.

•
•
•

성공한 사람이란

패배나 역경을 극복하고 일어선 사람임을 기억하자.

62 mind control

100% 불행은 존재하지 않는다

아침이 오지 않는 밤은 없고 봄이 오지 않는 겨울은 없다.
아무리 불행하게 보이는 상태에서도 반드시 구원은 있다.
즉, 100%의 불행은 존재하지 않는다.
그러나 사람은 의외로 이 일을 모르고 있다.
하늘은 그 사람이 그것으로 살아갈 수 있게끔
무엇인가 하나는 남겨주지
모든 것을 빼앗아가지는 않는다.
즉, 하늘은 두 가지를 주는 일은 없으나
한가지만은 누구에게나 공평하게 주고 있다는 것이다.
다만 그 한 가지가 사람에 따라 여러 가지로 다를 뿐이다.
그 주어진 한 가지를 소중히 키워나가야 한다.

⋮

사람들은 소망을 안고 사는 동안
아무리 고통스러워도 견디고 용감하게 살 수 있다.

엄청나게 큰 자연재해가 어느 거리를 습격하였다.

거리가 전멸되었다. 이것을 보고 누구나 생각한다.

이젠 이 거리도 끝장이라고….

그러나 10년이 지난 그 거리는 예전의 거리보다

더 훌륭하게 번영하고 있다.

이런 일이 종종 있다.

사람도 마찬가지다.

인생도….

•
•
•

인간에게는 각각의 천분(天分)이라 할까?

그 사람에게만 있는 소질, 성격, 능력이란 것이 있다.

그 천분을 십이분 발휘할 수 있는 데에

인간으로서 사는 깊은 기쁨과 보람이 있다.

성공이란

반드시 지위나 돈이나 권력을 얻는 것만이 아니라

자기를 보다 충분히 발휘할 수 있는 인생은

성공한 것과 다름없다.

63 mind control

역경을 소중히 하라

역경을 소중히 하라.

불굴의 정신으로 그것을 뚫고 나감으로써

사람은 강인하게 단련된다.

그러나 솔직함을 잃어서는 안 된다.

역경도 좋고 순경도 좋다.

요는 그 주어진 환경을 솔직하게 살아나가는 일이다.

솔직하고, 스케일이 크고, 부드러운 마음씨,

역경에 있어서도 그런 마음을 잃지 않는 사람은

그만큼 하나의 큰 재산을 가지고 있는 것이다.

⋮

좋은 일을 하면

자연히 존경받게 되며 동료들도 형처럼 섬긴다.

이것은 세상의 이치다.

좋은 일이란

반드시 무엇인가 설득력을 가지고 있어야 한다.

뜻을 세우자.

목숨을 내거는 결심으로 뜻을 세우자.

뜻을 확고히 세우면

일은 벌써 반은 달성되었다고 해도 좋다.

⋮

꿈도 자라난다.

생물처럼 진화하고 성장한다.

꿈을 꿀수록 섬세해지고 명확해진다.

그리고 어느 날 꿈이 현실로 되어 있음을 알게 된다.

꿈을 꾸는 시기는 따로 있는 것이 아니다.

꿈을 꿀 수 있는 당신의 인생 최고의 시점은 지금이다.

꿈을 꾸어라.

64 mind control

어려움 속에 기회가 있다

주고 그리고 받는 것이 이 세상의 이치다.
즉 자기가 가지고 있는 것을 남에게 줌으로써
그에 걸맞은 것을 남에게서 받는다.
세상은 이것으로 성립되어 있는 것이다.

⋮

세상에는 큰 뜻을 품고 있으면서도
그 뜻에 빠져 아무것도 못하는 사람이 있다.
말은 아주 훌륭하지만 실행이 따르지 않는 것이다.
큰 뜻을 품고 꿈을 가지는 일은 참으로 훌륭한 일이지만
그 때문에 오늘 할 일을 잊어서는 안 된다.
발밑에서부터 쉬지 않고 한 발씩 한 발씩
착실히 나아감으로써 천릿길도 달성할 수 있다.
발밑을 잊고 꿈속에 사는 인간이 되어서는 안 된다.
세상의 실패자란 그런 사람이라 생각한다.

어려움 속에 기회가 있다.

⋮

배움을 얻는다는 것은 자기 인생을 사는 것을 의미한다.
갑자기 더 행복해지거나 강해지는 것이 아니라
세상을 좀 더 이해하고
자기 자신과 더 평화로워지는 것을 의미한다.
아무도 당신이 배워야 할 것이 무엇인지 알려주지 않는다.
그것을 발견하는 것은 당신만의 몫이다.

⋮

성공이라는 단어가 일이라는 단어보다 앞서는 경우는
오직 사전밖에 없다.

⋮

위기란 단어는 위태로움과 기회를 동시에 포함하고 있다.

⋮

사랑할수록 더욱 사랑스러운 사람이 된다.
사랑은 친절을 낳고 존경을 끌어내며
긍정적인 태도를 갖게 만들고

희망과 자신감을 불어넣어주며

기쁨과 평화, 아름다운 조화를 가져다준다.

사랑의 힘은 너무나 크다.

사랑이 주는 선물은 무궁무진하다.

무엇보다도 사랑은 사람을 아름답게 만들어준다.

말이 아름답고 생각이 아름답고 얼굴이 아름다워진다.

사랑할수록 더 아름다워져서

마침내는 사람이 꽃보다 아름다워진다.

⋮

우리는 다른 사람들과 같아지기 위해서

인생의 4분의 3을 낭비하고 있다.

사람들이 많이 간 길을 선택하지 말자.

⋮

넘어져도 그냥은 일어나지 않는다.

주접스러운 것이 아니다. 진지한 것이다.

실패하는 것을 두려워하는 것보다

진지하지 않은 것을 두려워하는 것이 좋다.

진지하면 설사 실패하여도

그것에서 무엇인가 얻어낼 수 있는 것이다.

넘어져도 그냥은 일어나지 않는 인간이 되자.

만약 당신이 기회를 잡고 싶다면

커다란 문제에 도전하도록 해라.

•
•
•

우리는 벌어들인 것으로 생활한다.

그리고 나누어주면서 인생을 살아간다.

일 속에는 미래가 없다.

미래는 그 일을 하고 있는 사람에게 달려 있는 것이다.

65 mind control

맑은 사람은 결코 과거를 간직하지 않는다

아이는 자유롭다.

아이는 과거를 짐지지 않는다.

나이 든 사람은 자유롭지 않다.

그는 긴 과거가 있기 때문이다.

아이들은 뒤돌아볼 아무것도 없고

매사에 앞을 바라본다.

아이는 그를 향하여 열린 미래를 가졌다.

멋진 모험이 열려 있다.

나이 든 사람은 미래가 없다.

만사가 이미 일어나버린 것, 지나가버린 것이다.

이미 일어났던 모든 것들은

그의 마음을 계속 혼란시킨다.

그것은 그를 뒤로 끌어내리고 압박한다.

결코 그를 지금에 있도록 내버려두지 않는다.

기억은 과거를 향해 내린 당신의 뿌리들이다.

만약에 당신이 뒤돌아볼 필요가 없을 정도로

기억으로부터 자유롭게 된다면

기억은 전혀 당신을 혼돈시키지 않을 것이다.

기억은 전혀 당신을 흐리게 하지 않을 것이다.

당신은 현재에 살고 있지 않다.

당신이 현재에 살고 있지 않다면

미래도 또한 당신의 것이 아니다.

미래는 현재에 '살기'와 이어져 있으므로

미래는 오로지 현재에 살기를 통해서만 현실이 된다.

현재는 미래로 들어가는 문이며

동시에 과거에서 나가는 문이다.

당신이 과거를 보고 있다면 미래를 잃을 것이다.

왜냐하면 당신이 과거를 보고 있는 동안

미래는 현재로 들어오고 있으며

당신은 양쪽을 동시에 볼 수 없기 때문이다.

당신은 앞을 보는 눈은 가졌지만

당신의 머리 뒤쪽을 볼 수 있는 눈은 없다.

자연은 결코 당신의 눈이 당신의 머리 뒤쪽에 있는

어떤 것을 볼 수 있도록 하지 않았다.

자연은 당신이 뒤돌아볼 어떤 수단도 주지 않았다.

당신이 뒤를 보려 한다면 꼭 그래야 한다면

뒤로 돌아야 한다.

그러면 당신이 뒤를 보고 있는 동안
당신의 머리는 죽은 과거로 돌려진다.
바로 그때 미래는 현재가 되는 것이다.
그러므로 당신은 그 탄생하는 순간을 놓칠 것이고
현재가 되는 미래를 놓칠 것이다.
현재는 오로지 거기에만 존재한다.
그러면 이제 무슨 일이 일어날까?
만약에 당신이 너무나 과거에 집착하게 된다면
당신이 그 기억들에 너무나 구속된다면
당신은 역시 상상력으로
비현실적인 미래를 만들기 시작한다.
과거에 너무나 구속된 사람은 미래조차도 그렇다.
그는 추억에 살며 추억에 묻혀서 산다.
그는 상상된 미래를 만든다.
그것은 양쪽 모두 비현실적이다.
과거는 더 이상 없으며 그것을 다시 살 필요가 없다.
지나간 것은 영원히 지나간 것이다.
그것을 되돌리기는 불가능하다.
맑은 사람은 결코 과거를 간직하지 않는다.

성공을 가늠하는 진정한 척도는
당신이 무엇을 가지고 있는가 하는 것이 아니다.
비록 가진 것이 없어도 당신이 할 수 있는 일이
무엇인가 하는 것이다.

•
•
•

꿈을 위해 노력할 때 세상의 모든 것이 나를 돕는다.
나는 비로소 제 갈 길을 가고 있다는
안도의 숨을 쉴 수 있다.

•
•
•

성공한 사람은 원하는 것을 얻은 사람이며,
행복한 사람은 이미 가지고 있는 것을
사랑하는 사람이다.

66 mind control

순간에 집중하는 삶은 참으로 아름답다

깊은 산속에 한 남자가 뛰어가고 있다. 그의 뒤에서 한 마리의 사자가 쫓아오는 것이었다. 이윽고 그는 낭떠러지에 이르고야 말았다. 거기에서 더 이상 갈 곳이 없었으므로 그는 어쩔 줄을 몰랐다.

그는 절벽 아래를 내려다보았다. 그곳은 매우 깊은 계곡이었고 거대한 심연이었다. 어떤 기적이 일어나지 않는 한 그에게는 아무런 방법이 없는 것이다.

그래서 그는 다시 한번 더 주의 깊게 절벽 아래를 살펴보았다. 그런데 그 계곡 밑에서도 두 마리의 사자가 고개를 쳐들고 있는 것이 아닌가?

이제 사자는 으르렁대며 더욱 다가오고 있었다. 그는 이제 절벽 아래로 뛰어내릴 수도 없었고, 그냥 제자리에 앉아 있을 수도 없었다.

그에게 단 한 가지 방법이라는 것은 골짜기 아래로 뿌리 내린 나뭇가지에 매달리는 것뿐이었다. 그런데 그 나무뿌리들은 매우 연약해서 언제 끊어져버릴지 알 수 없었다.

태양이 기울고 저녁때가 되어서 이제는 차가운 밤바람이 불었다.

그의 손은 이미 힘이 빠지기 시작했고 시간이 갈수록 그의 죽음은 확실해졌다. 순간순간마다 죽음은 거기에 있었다.

그때 그는 두 마리의 생쥐가 그 나무뿌리를 갉아먹고 있는 것을 발견했다. 두 마리의 생쥐가 막무가내로 일을 벌이고 있었다. 어느 순간 뿌리는 떨어져 나갈 것이다.

그는 거듭 주위를 살펴보았다. 그때 그는 바로 그 나무 위에서 꿀이 넘쳐흐르고 있는 벌통을 발견했다. 순간 그는 모든 것을 잊고 그의 혀를 가져다 댔다. 그는 마침내 그 꿀을 맛보았다. 그 맛은 어마어마하게 달콤한 것이었다.

만약에 당신이 순간에 집중한다면 그 꿀맛은 지극히 달콤하고 삶은 참으로 아름다울 것이다.

이 사람은 찰나에 살았고 모든 것을 잊었다. 그것은 찰나였으므로 거기에 죽음은 없었다. 그것은 찰나였으므로 사자도 없었고, 시간도 없었고, 거기엔 아무것도 존재하지 않았다.

오직 그의 혀에 비밀스런 맛만이 있을 뿐이었다.

이것이 사는 길이다. 이것만이 사는 길이다.

이 우화는 참으로 실존적이다.

당신은 나무뿌리에 매달린 사람이다.

어느 곳에서든 단지 죽음으로 둘러싸여 있다.

이제 어떻게 할 것인가?

과거에 대해서 애태우는가? 미래에 대해서 걱정하는가?

죽음을 두려워하는가? 시간에 대해서 안타까워하는가?

혹은 이 순간을 즐길 것인가?

내일을 생각하지 않음은 지금 이 순간이 당신의 혀에 달콤한 꿀방울이 되게 하는 길이다.

죽음이 있다는 생각조차도, 삶이 아름답다는 생각조차도, 과거가 매우 좋지 않았다는 생각조차도, 미래를 알려고 하는 생각조차도 하지 않는 것이다.

순간을 주시하라. 그것이 당신의 혀에 한 방울의 꿀맛을 느끼게 한다. 순간은 엄청나게 아름답다.

거기에 무엇이 없는가? 무엇이 부족한가?

⋮

무례한 대접을 받았을 때
빨리 잊어버리는 것이 최상의 대응책이다.

⋮

정말 두려운 것은 꿈을 이루지 못하는 것이 아니라
시작조차 하지 않는 것이다.

내 행동을 지배하고 결정하는 것은 바로 나다.
오직 나만이 내 태도를 바꿀 수 있다.
나 자신을 위해 마음껏 게으름을 피울 수도 있고
부지런하게 활동하여 인간관계를
유연하게 만들 수도 있다.
나에 대한 사람들의 평가는 변하지 않을 수 있지만
내가 어떻게 살아갈지는 바로 나 자신이 결정한다.

- A. J. 세블리어

67 mind control

자신의 진정한 가치

실패를 겪을 때마다 그 속에서 배울 점을 찾는다면
실패는 성공을 향해 가는 과정이 된다.

⋮

나는 두려움과 불안함을 끌어안는 대신
어려움을 이겨낼 수 있다는 믿음을 갖는다.

⋮

우리의 진정한 가치는 우리가 자신에게 매기는 값에 달려 있다. 자신의 가치는 남들의 평가에서 출발하는 것이 아니다. 사람의 가치는 무한하므로 자신의 숭고한 가치를 만들기 위해 스스로를 연마해야 한다. 우리 한 사람 한 사람은 모두 값을 매길 수 없는 보석이 될 수 있다.

자신감을 기르면 자신의 가치를 더 분명히 알게 된다. 자신감 있는 사람은 매력적이다. 자신감은 일종의 흡인력이다. 자신감을 끌어내는 좋은 방법이 있다. 그것은 자신이 없다고 여겼던 일을 큰 용기를 갖고 해보는 것이다.

•
•
•

삶은 마치 조각 퍼즐 같아 지금 네가 들고 있는 실망과 슬픔의 조각이 네 삶의 그림 어디에 속하는지는 많은 세월이 지난 다음에야 알 수 있단다.

지금은 조금 아파도 남보다 조금 뒤떨어지는 것 같아도 지금 내가 느끼는 배고픔, 어리석음이야말로 결국 네 삶을 더욱 풍부하게 더욱 의미 있게 만드는 힘이 된다는 것 네게 꼭 말해주고 싶단다.

장영희 - 이 아침에 축복처럼 꽃비가

가족이 지니는 의미는 그냥 단순한 사랑이 아니라
언제나 항상 지켜봐주는 누군가가 있다는 사실을
상대방에게 알려주는 것이다.
가족이 나를 지켜봐주고 있으리라는 것을 아는 것이
바로 정신적인 안정감이 될 수 있다.
가족 말고는 그 무엇도 그것을 줄 수 없다.
돈도, 명예도….

68 mind control

인생의 가치는 깨달음이다

이런 은인을 만난 적이 있는가?

기나긴 삶의 여정에서 스승이나 은인의 도움은 큰 영향을 끼친다. 스승은 꼭 필요하고 기다리던 때에 당신 앞에 나타나 함께 여정에 오르고 올바른 방향으로 이끌어준다. 하지만 간과하지 말아야 할 것이 있다.

결국은 스스로 성장해야 한다는 점이다.

따라서 당신의 목적은 스승의 부축을 받으며 독립하는 법을 배우는 것이다. 그리고 당신도 다른 이의 스승이나 은인이 되어주어야 한다.

무심코 던진 말 한마디가 어려움에 빠진 다른 누군가에게 무한히 큰 깨우침이 될 수 있다. 그러면 당신도 다른 사람의 기억 속에 은인으로 남을 것이다.

•
•
•

상대방의 말에 귀 기울이며 들어주는 마음, 그 마음이 활짝 열려 있는 사람이 되어 보자. 그러면 말하지 않아도 마음이 보이는 대화를 할 수 있게 된다. 의사소통에 탁월한 사람은 다른 사람에 대한 배려가 많은 사람이다. 상대방에게 예의를 갖추며 그가 자신감을 갖도록 분위기를 이끌어주자. 말을 많이 하기보다는 듣기에 익숙해지자. 그러면 사람들은 당신을 좋아하게 된다.

⋮

책에서만 무언가를 배울 수 있는 것은 아니다.

날마다 만나는 모든 사람이 우리의 지식을 풍부하게 해줄 수 있다.

가능한 한 모든 장소에서 지식을 섭취하도록 노력하자.

넓고 깊은 지식은 사람들의 마음을 트이게 하고 편협해지지 않게 한다.

배움을 통해 인생을 접하면 깨달을 수 있다.

깨달음은 바로 인생의 가치이자 맛이다.

69 mind control

자신을 사랑하는 법

홍당무는 솥에 들어가기 전에는 딱딱하고 강했지만 끓는 물속에서 정반대로 부드러워진다.

계란은 쉽게 깨지는 성질을 갖고 있으며 얇은 껍질로 내부의 액체를 보호하고 있다. 하지만 펄펄 끓는 물속에서 삶아내자 내부의 액체가 단단해졌다.

원두커피는 끓는 물에 들어간 뒤 물과 하나로 융화되었고, 마침내는 물을 변화시켰다. 향기를 가득 담아서….

자기 자신에게 어려움을 어떻게 극복할 것인지를 물어보자.

역경은 진정으로 자신을 비춰볼 수 있는 거울이다.

역경이 지난 후에는 탄탄대로가 열린다.

물론 그 탄탄대로가 지나면 또 다른 자갈길과 역경이 있을 수도 있다. 인생은 본래 그런 것이라고 한다.

•
•
•

소망은 우리의 마음속에 있는 가장 아름다운 비밀이다.

우리가 소망을 실현하기 위해 행동할 때

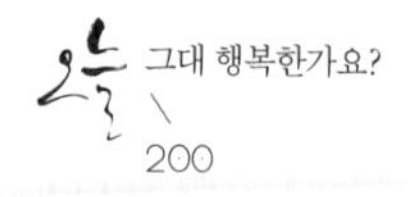

아프지만 행복한 여정이 눈앞에 펼쳐질 것이다.

•
•
•

가슴이 아플 정도의 강렬한 바람이 생겼을 때

소원을 빌면 반드시 이루어진다.

•
•
•

자신을 사랑하는 법을 배워야 한다.

스스로를 사랑할 때 더 많은 이의 사랑을 받게 된다.

다른 사람이 좋아하는 모습보다 먼저 당신 스스로가 좋아하는 모습이 되어보자.

그러려면 먼저 자신을 이해해야 된다.

자신을 이해한 후에야 비로소 자신을 어떻게 사랑할 것인지, 자신이 표현하고 싶은 것이 무엇인지 정확히 알게 된다. 자신 있는 일을 해보자. 이 '자신감'이 결국 사람을 완벽하게 만든다.

70 mind control

진정한 용기

많은 사람들이 돈을 버는 손쉬운 방법을 찾기에 골몰한다. 땀과 노력보다는 기법에 주의를 기울인다. 이것은 나무를 심지 않으면서 과일을 기대하는 것과 같은 이치다. 나무를 심으려면 먼저 땅부터 파야 한다. 땅을 판다는 것은 저축에 비유할만하다. 오랫동안 저축을 해야 목돈을 마련할 수 있듯이 삽을 쥐고 기꺼이 땀을 흘려야 한다.

•
•
•

이 세상에 태어날 때부터 용기가 있는 사람도 있다.

또 태어날 때부터 용기가 없는 사람도 있다.

이것은 선천적이니까 어찌할 수가 없다.

그러나 진정한 용기는 선천적이란 것을 초월해서 생기는 것이라 생각한다. 즉, '무엇이 바른 것인가?'라는 것에 입각하였을 때 비로소 용기가 솟는다는 말이다.

•
•
•

근심, 걱정에 부딪혀도 이것을 무서워해서는 안 된다.

뒷걸음질 쳐서도 안 된다. 걱정도 좋다는 식으로 나가라.

근심이나 걱정은 새로운 것을 고안해내는 하나의 전기가 아닌가?

이렇게 마음을 먹고 정정당당히 이것과 싸우라. 힘을 짠다. 지혜를 짠다. 그러면 그것에서 반드시 생각지도 않았던 것이 태어난다. 새로운 길이 열리게 되는 것이다.

참으로 불가사의한 일이지만 그 불가사의가 있으므로 이 세상의 맛은 더없이 깊다고 할 수 있다.

71 mínd control

세상은 넓다

세상은 넓다.

그 넓은 세상을 좁은 시야로 나아가면 막혀버린다.

인생은 길다.

그 긴 인생을 좁은 시야로 걸으면 숨이 막힌다.

시야가 좁은 사람은 자기가 갈 길을 그르칠 뿐만 아니라

남에게도 폐를 끼친다.

그래서 서로의 번영을 위해

서로의 시야의 각도를 훨씬 넓혀야 한다.

⋮

만일 당신이 누군가를 미워한다면

당신은 그 사람 안에서 당신의 일부인

그 어떤 점을 발견하고 미워하는 것이다.

우리 자신의 일부가 아닌 것은

아무것도 우리를 괴롭힐 수 없다.

사람의 허물을 들추어 함부로 말하는 자를 미워하고

부하의 몸으로 윗사람을 비방하는 자를 미워하고

용감하지만 예의 모르는 자를 미워하고

과감하나 도리에 통하지 못하는 자를 미워한다.

겨우 엿보고 또는

남에게 듣고 아는 체하는 자를 미워하고

불손함을 용맹이라고 하는 자를 미워하고

남의 비밀을 폭로하면서도

자신이 정직하다고 말하는 자를 미워한다.

72 mind control

블랙 스완

흑조라는 것이 있다. 검은 고니라고도 부르는 이 새는 오스트레일리아 특산종이다. 흑조가 발견되기 전까지는 백조는 모두 하얀색으로 여겨졌다. 그래서 Swan은 하얀 새라는 뜻의 백조로 번역되었다.

까만 백조, 즉 흑조는 사람의 인식이 얼마나 제한적인지를 보여주는 사례다.

우주와 자연에는 우리가 인식하지 못하고 있는 수많은 사실과 진실이 있는데, 우리가 보고 듣고 느끼지 못하기 때문에 존재하지 않는 것으로 착각하고 살아가고 있는 것이다.

⋮

우리가 가지고 있는 성격, 생존법, 정체성은 성장기에 타인에 의해 만들어지거나 미숙한 인식으로 인해 왜곡되게 형성된 것이 많다.

성인이 된 후 그 사실을 자각하고 스스로 자신이 되려고 노력할 때까지 우리는 진정한 자기 자신이 아닐 수도 있다.

인생에서 무엇이든 원하는 것을 이루는 지름길은
지금 행복을 느끼는 것이다.
우주에 기쁨과 행복의 감정을 전송하라.
그러면 기쁨과 행복을 가져다 줄 온갖 일들이 생길 것이다.

•
•
•

여행을 하고 싶다면 먼저 목적지를 정해야 하듯이
인생에서도 바라는 걸 이루고 싶다면
자신이 진정으로 원하는 게 무엇인지부터
정확히 알아야 한다.
성공은 내가 누구이고 어떤 사람이며
어떤 생각을 가지고 있는 사람인지
아는 데서부터 시작된다.

•
•
•

우리는 다른 사람들이 만들어 준
우리의 모습을 근본적으로 또 정신적으로
거부함으로써만 우리 자신이 될 수 있다.

73 mind control

진정한 강함

남을 이기는 것이 '힘' 있음이라면

자기를 이기는 것은 진정한 '강함'이다.

⋮

우리는 죽는 날까지 사는 방법을 배워야 한다.

동시에 죽는 법도 배워야 한다.

⋮

소중한 일들이 사소한 일들에 좌우되어서는 안 된다.

소중한 일에 꾸준히 열정을 쏟으면

처음에는 당신이 습관을 만들지만

나중에는 습관이 당신을 만든다.

⋮

분노를 품고 사는 것은

독을 품고 사는 것과 마찬가지다.

나무 위의 재주꾼 하면 다람쥐만 한 녀석도 없다. 나무 위를 휠휠 돌아다닌다. 온 세상이 제 것인 양 휘젓고 다닌다. 앞으로 뒤로 거꾸로 그렇게 평생 동안 재주를 넘으며 살아봐야 나무 몇 그루가 고작이다.

미련한 놈 하면 거북이만 한 놈도 없다. 뒤로 갈 줄도 모른다. 목표를 정하면 후퇴란 게 없다. 느리지만 고집스럽게 앞으로만 간다. 그렇게 평생을 가기만 한다. 너무 느려 안 가는 것 같지만 오대양 육대륙이 좁다 하고 다닌다.

74 mind control

성숙한 사랑

사랑에는 귀한 생물을 키우는 것과 같은 관심, 배려, 보살핌, 책임 등이 따른다. 만약 누군가를 사랑한다고 느끼면서도 가만히 앉아 있기만 한다면, 누군가를 사랑하지만 감정적 불편은 겪기 싫다고 느낀다면, 그것은 사랑이 아니라고 감히 말할 수 있다.

•
•
•

사랑은 끝나는 순간까지 우리에게 많은 것을 준다.
그것을 충분히 인식한 상태에서 의식적으로
사랑과 이별의 과정을 경험해보는 것이 좋다.
장사처럼 사랑도 업종을 자주 바꾸기보다는
특정분야에서 전문성을 쌓아가며
집중적으로 오래 파고드는 게 더 좋을 수도 있다.

•
•
•

육체적으로나 신체적으로 아무리 고통스러운 상황에 직면하더라도 반드시 구조된다는 신념을 갖고 참아내자.

흘러가는 순간순간 우리는 죽어야 한다.

매 순간 과거를 씻어내어야 한다.

미지의 것과 접할 수 있도록 낡은 지식을 버려라.

철저하게 죽음을 살고

철저하게 삶을 사는 것

죽음과 삶을 너무나 열정적으로 살아서

뒤에 아무것도, 죽음조차도

남겨지지 않도록 하는 것이다.

•
•
•

어린애의 사랑은 사랑받기 때문에 사랑하고,

성숙한 어른의 사랑은 사랑하기 때문에 사랑하고,

성숙하지 못한 사랑은 상대방이 필요하기 때문에 사랑하고,

성숙한 사랑은 사랑하기 때문에

상대방이 필요한 것이다.

75 mind control

올바른 생각을 품어라

일상적이되 일상생활 안에 깨달음을 끌어다 넣어라.

자고, 먹고, 사랑하고, 기도하고, 명상하여라.

그러나 자신이 특별한 일을 행하고 있다고 생각하지 마라. 그 때 당신은 특별해질 것이다. 일상적인 삶을 살 채비가 되어 있는 사람은 초월적인 인간이다. 왜냐하면 초월하려고 원하는 것이 바로 일상적인 욕구이기 때문이다. 긴장을 풀고 평범하게 되는 것이 진정으로 초월적인 것이다.

⋮

어떤 일이 생겼을 때 그것에 대응하는 마음가짐에 따라 장래가 결정된다. 그러므로 역경이나 경제적 궁지에 몰렸을 때는 적극적인 태도로 대응하라. 그런 마음가짐만이 성공으로 이끌 수 있다.

⋮

마음에 품지 않은 행운은 절대로 현실로 나타나지 않는다.

마음으로 믿지 않으면 좋은 일은 결코 일어나지 않는다.

한 사람의 상대자를 평생 동안 사랑할 수 있다고 단언하는 것은 한 자루의 초가 평생 동안 탈 수 있다고 단언하는 것과 마찬가지다.

•
•
•

마음이 밝으면 어두운 방 안에도 푸른 하늘이 있고, 생각이 어두우면 환한 햇빛 아래서도 도깨비가 나타난다.

•
•
•

자기 자신에게 집중해야 한다.

먼저 자신을 제대로 바라볼 수 있는 힘이 있어야 한다.

자아가 강하면 현실 속의 역경을 극복할 수 있다.

•
•
•

올바른 생각을 품어라.

항상 긍정적이고 행복하고 기쁜 생각을 하면 주위에 행복하고 기쁘고 긍정적인 사람들로 가득해질 것이다.

76 mind control

현명한 선택

사랑은 처음부터 풍덩 빠지는 것이 아니라
서서히 물드는 것이다.

•
•
•

연애 과정에서는 방해가 더 열렬한 연정의 욕구가 된다.

•
•
•

단지 돈만을 위해서 결혼하는 것보다 더 나쁜 것이 없고, 단지 사랑만을 위해서 결혼하는 것보다 더 어리석은 것은 없다.

•
•
•

왕이든 백성이든 자기 가정에서 평화를 찾을 수 있는 자만이 제일 행복한 사람이다.

•
•
•

음주는 인간을 배고프게 하고 거짓말을 하게 한다.

재산을 가지고도 그것을 즐기지 못하는 사람은
황금을 나르고 엉겅퀴를 먹는 당나귀와 같다.

•
•
•

스스로 옳다고 믿는 일을 하는 것은
삶을 살아가는 유일한 방법이기도 하다.

•
•
•

일이 뜻대로 되지 않을 때 나보다 못한 사람을 생각하면 원망하고 탓하는 마음이 저절로 사라진다. 마음이 게을러질 때 나보다 나은 사람을 생각하면 저절로 분발하게 된다.

•
•
•

일어난 일은 그대로 받아들여라.
비록 그것이 불행한 일일지라도….

77 mind control

행복이란?

인간이 이 세상에 존재하는 것은 부자가 되기 위함이 아니라 행복하게 살기 위해서다.

⋮

자유는 곧 책임이다.
그러므로 사람은 자유를 두려워한다.

⋮

당신은 당신의 능력을 사용할 수 있는 이 우주의 유일한 사람이다. 그리고 오늘은 당신의 남은 인생을 시작하는 그 첫날이다.

⋮

행복이란?
하고 싶은 일을 하면서 사랑하는 사람과 함께 재미와 즐거움을 느끼는 것이다. 의미와 즐거움이 함께 해야 한다.

환경만이 우리의 행불행을 좌우하는 것은 아니다. 바꾸어 말하면 우리의 감정을 결정짓는 것은 환경에 대해 우리가 어떻게 반응하느냐 하는 것이다.

마찬가지로 우리도 험한 인생행로에 있어서 쇼크를 흡수하는 방법을 배운다면 행복한 여생을 즐길 수 있게 되는 것이다.

⋮

인생은 아마 90%는 행운이고 나머지 10%가 불운일 것이다. 그러므로 당신이 행복하고자 한다면 90%의 행운에 마음을 집중하고 10%의 불운은 무시하라.

⋮

개인적으로 아무리 훌륭한 능력과 뛰어난 재능을 지니고 있다고 해도 그것을 끄집어내어 꽃 피울 수 있는 운이 없다면 아무 소용이 없다.

눈에 보이지 않는 기운의 힘을 자기 것으로 끌어당겨야 한다.

78 mind control

축복을 세어라

현명한 사람은 손실을 한탄하지 않고 그 손실을 배제하는 방법을 연구한다. 성공한 사람들은 오히려 남보다 커다란 불행을 겪었던 사람들이다. 다만 그들은 고민과 슬픔을 털어버리고 새로운 행복과 생활로 나갔을 뿐이다.

⋮

괴로움을 헤아리지 말고 축복을 세어라!

⋮

남의 흉내를 내지 마라.
스스로를 발견하여 자신이 되어라.

⋮

궁핍을 참고 견딜 뿐만 아니라 그것을 사랑하는 이가 초인인 것이다.

밀턴은 장님이었기 때문에 뛰어난 시를 썼으며, 베토벤은 청력을 잃었기 때문에 불후의 명곡을 남겼는지도 모른다. 또한 도스토예프스키나 톨스토이가 고난에 찬 생활을 하지 않았더라면 길이 남을 명작을 쓸 수 없었을지도 모르는 일이다.

인간이 짧은 인생의 기쁨을 만끽하려면 자기보다도 타인을 잘되게 할 것을 생각해야 할 것이다. 왜냐하면 자신의 기쁨은 타인의 기쁨에 이어져 있고, 타인의 기쁨은 자신의 기쁨에 이어져 있기 때문이다.

자신이 처한 상황을 어떻게 뛰어넘을 것인가를 끊임없이 연구하고 생각하는 사람은 성공할 수 있다.

이제까지의 가치관이나 상식을 무너뜨리고 새로운 삶을 가져다주는 운을 끌어당겨보자.

79 mind control

인생은 모두가 기회다

남에게 장미꽃을 바친 손에는 언제나 향기가 남아 있다.

타인에게 관심을 가짐으로써 자기를 잊어라.

그리고 다른 사람의 얼굴에 기쁨의 미소를 떠올리게 할만한 착한 일을 하라.

⋮

기회를 놓치지 마라! 인생은 모두가 기회인 것이다.

⋮

가장 앞서 가는 사람은 과감한 결단을 내려 실행하는 사람이다.

⋮

'안전제일'을 지키고 있다면 먼 곳까지 배를 저어갈 수가 없다.

자녀는 부모라는 나무의 열매다.

농부는 열매가 어릴수록 나무에 투자한다.

이것이 나무와 열매의 법칙이다.

•
•
•

포기하지 마라. 망설이지 마라. 최후의 성공을 거둘 때까지 밀고 나가자.

•
•
•

남을 비난하는 것은 위험한 불꽃이다. 그 불꽃은 자존심이라는 화약고의 폭발을 유발하기 쉽다. 이 폭발은 가끔 사람의 생명까지 빼앗아간다.

•
•
•

마음이 움직이면 행동도 움직인다.

80 mind control

귀중한 시간을 사용하는 세 가지 방법

남을 이해하고 용서하는 것은 자기를 이해할 줄 아는 높은 인격을 가진 사람이 아니면 할 수 없다.

•
•
•

당신이 내일 만날 사람들 가운데 4분의 3은 동정을 갈망할 것이다. 그것을 그들에게 안겨주어라.

그러면 그들은 당신을 사랑할 것이다.

•
•
•

상대방의 마음을 읽고 먼저 행동하라.

•
•
•

말의 이면에 숨어 있는 뜻을 읽어라.

•
•
•

겉으로 드러난 말에 현혹되지 마라.

〈귀중한 시간을 사용하는 세 가지 방법〉

1. 현재 속에 살기

(행복과 성공을 원한다면) 바로 지금 일어나는 것에 집중하라. 소망을 갖고 살면서 바로 지금 중요한 것에 관심을 쏟아라.

2. 과거에서 배우기

(과거보다 더 나은 현재를 원한다면) 과거에 일어났던 일을 돌아보라. 그것에서 소중한 교훈을 배워라. 지금부터는 다르게 행동하라.

3. 미래를 계획하기

(현재보다 더 나은 미래를 원한다면) 멋진 미래의 모습을 마음속으로 그려라. 그것이 실현되도록 계획을 세워라. 지금 계획을 행동으로 옮겨라.

– 스펜서 존스의 《세상에서 가장 소중한 선물》 중에서

81 mind control

자신을 사랑하라

칭찬이나 비난에 영향을 받지 않고 마음의 흐름을 따르는 자는 행복한 사람이다. 그는 자신을 사랑하는 사람이기 때문이다. 남을 귀히 여기려면 먼저 나를 사랑해야 한다. 사랑하면서도 의심하고, 다툼을 부르는 사람은 자신을 사랑하지 못하며 남을 미워하는 사람이다.

자신감은 너그러운 사람을 만들고 세상을 편안하게 한다. 그리고 그것은 외적인 기준에 의해서 생겨나는 것이 아니다. 혼자서 자신의 일을 자랑하지 않고 묵묵히 하는 것이 남을 사랑하는 길이다.

유머가 넘치는 사람은 내적인 법칙을 따르는 사람이다. 우리에게 가장 부족한 것이 유머이다. 정치가도 소설가도 시민운동도 증오에 가득 차서 서로를 미워할 뿐 너그러움이나 유머가 없다. 유머는 억지로 웃기는 개그가 아니다. 저절로 우러나는 자기 사랑이요, 자긍심이다. 민주주의는 유머이다.

유아기에 경험한 무의식은 죽는 순간까지 우리를 지배한다.

⋮

참된 모방은 가장 완벽한 창조이다.

⋮

사랑한다는 말은 내 감정을 전달하는 수단이고, 사랑한다는 말과 함께 짓는 미소는 사랑하는 사람과 함께 있는 자신의 행복을 표현하는 방법이다.

그리고 사랑의 감정을 담은 표정은 사랑하는 상대방에게 자신의 사랑을 확인시켜주는 증표이다.

⋮

진정한 친구란 그 사람과 같이 벤치에 앉아 한 마디 말도 안 하고 시간을 보내고도 헤어졌을 때 마치 당신이 인생에서 최고의 대화를 나눈 것 같은 느낌을 주는 사람이다.

82 mind control

흥미를 가져라

흥미를 가져라.

당신의 마음이 흥미를 잃으면 당신은 정력과 생명력을 잃게 된다. 또한 아무런 일을 하지 않았는데도 당신은 그만 지쳐버리고 만다. 당신은 결코 지쳐서는 안 된다. 그러므로 무엇이든지 의미 있는 일을 찾고, 그 일에 흥미를 가져라. 무엇인가 의미 있는 일에 철저히 몰두하라.

그 일에 당신 자신을 남김없이 쏟아 부어라.

그리고 당신 자신을 온전히 바쳐라.

•
•
•

긍정적인 마음은 자신의 내부에 여유로운 공간을 만든다. 그래서 마음에 여유가 있는 사람은 상대방을 배려할 줄 알고, 어렵고 힘든 경우 상대방의 입장을 고려해보는 역지사지의 태도까지 보여줄 수 있는 것이다. 따라서 말 한마디라도 따뜻하게 하고 상대방이 즐겁도록 유머를 사용할 수 있게 된다. 이러한 유머는 자연스럽고 부드러우면서도 편안하게 대화를 이끄는 활력소가 될 뿐만 아니라 대인관계를 원활하게 만드는 윤활유 작용을 한다.

⋮

말은 정반대로 해석하지 마라.

대답과 인사는 힘차게 하라.

실수했을 때는 빨리 사과하라.

눈을 쳐다보며 커뮤니케이션 하라.

야단맞으면서 야단치는 방법을 배워라.

작은 행동으로 상대방을 기쁘게 만들어라.

상대방의 입장에서 우선순위를 정하라.

항상 기억하고 있다고 말하라.

사람을 무시할 바에는 차라리 욕을 하라.

행동을 통해 마음을 읽어내라.

상대방의 불안을 없애주어라.

⋮

성공한 사람들은 타인에게 감동하는 능력을 지닌 사람들이다.

그들은 열정이 낳는 힘, 감동이 끌어내는 에너지를 알고 있다.

솔직하게 감동할 수 있는 사람들과 친하게 지내라.

83 mind control

놓아주기

마음의 평온을 찾고 진심으로 행복해지려면 다음을 실천하라.

과거를 용서하라.

현재를 즐겨라.

미래를 호기심과 기대함으로

그리고 긍정적인 시각으로 바라보라.

용서하고 놓아주고 벗어나라.

자존감을 높여 행복해져라.

살면서 무엇보다 중요한 것은 놓아주기이다.

내가 먼저 나를 묶고 있으면

날 수 없다.

훨훨 오를 수 없다.

내가 나를 놓아주어야 한다.

닫힌 마음을 열고 믿음으로

희망으로 자유를 주어야 한다.

상대방에게 자신감을 주어라.

발전은 지그재그다. 내리막이 있으면 오르막이 있다.

•
•
•

사람은 계속성을 원한다.

멋이란?

다음을 예감하게 만드는 것이다.

•
•
•

기분 전환을 통해 집중력을 되찾아라.

•
•
•

화를 내야 할 때 화내지 마라.

•
•
•

남의 눈에 띄는 사람이 운을 끌어당긴다.

자신의 단점까지 포용할 수 있는 사람은

단점이 그대로 장점이 된다.

약점이나 단점은 차라리 자랑해버리자.

84 mind control

공감하라

공격적이지 않은 유머를 즐겨라.

남을 웃기거나 모욕하는 유머는 삼가라.

⋮

감정을 모두 토해내지 마라.

상대방에게 상상할 수 있는 여지를 주어라.

⋮

분노로 사람을 움직이고 싶으면 화를 낸 다음에 반드시 '공감'이라는 고도의 기술을 사용해야 한다.

분노와 공감을 동시에 사용하라.

⋮

마음을 움직인다는 것은 마음의 중심을 흔드는 것이다.

⋮

필요 이상으로 공포를 느끼지 마라.

슬픔은 웃음으로 극복하라.

헤어질 때 마음을 담아서 악수하라.

어떤 경우에도 미소를 잃지 마라.

의식적으로 웃는 얼굴을 만들어라.

작은 놀라움을 선물하라.

기분과 감동의 단계를 밟아라.

다른 사람에게 자신의 능력을 나누어 주어라.

주변 사람을 주인공으로 만들어라.

상대방을 독점하려고 하지 마라.

칭찬을 하고 나서 스킨십을 하라.

•
•
•

가능한 것부터, 작은 것부터, 위에서가 아니라 아래로부터 하나하나 차분하게 해나가는 자세, 이것은 자신에게 성실하지 않으면 얻을 수 없다.

85 mind control

일체유심조

상대방의 안으로 뛰어들어라. 똑같은 말을 한다.

상대방의 안으로 뛰어들어라. 똑같은 방향을 향한다.

상대방의 안으로 뛰어들어라. 똑같은 생각을 가진다.

•
•
•

애정의 지속력에는 한계가 있어서 더 좋아하는 사람이 나타나면 쉽게 바뀌게 된다. 그러나 존경은 강한 지속력을 가지고 있어서 더 존경하는 사람이 나타난다고 해도 쉽게 바뀌지 않는다.

결론적으로 말하면 두 사람의 관계가 발전하기 위해서는 반드시 관심에서 시작해서 애정으로 발전하고 다시 존경의 단계로 나아가야 한다.

•
•
•

살아가는 데 있어서 제일 나쁜 것은 열등의식이다. 그리고 둘째는 고정관념이다. 셋째는 부정적인 생각이다. 넷째는 반항이다.

진정으로 당신의 인생이 빛나기를 바란다면, 보다 풍요롭고 만족스러운 인생을 원한다면, 가능한 한 많은 사람을 친구로 만들어라. 당신을 위해 언제든지 뛰어나올 수 있는 사람이 많을수록 당신의 인생은 저절로 행복해진다.

•
•
•

인간은 고독한 존재이다. 그러나 그 고독 속에서 스스로 즐기는 마음을 갖는 것, 이것이 스트레스 해소법이다. 자기 나름대로 스트레스 해소법이 있어야 한다. 사람에게는 정신이란 것이 있다. 사람에게 가장 중요한 것은 마음의 세계요, 정신의 세계이다. 그 마음과 정신을 어떻게 깨닫고 느끼고 살아가느냐가 중요하다. '일체유심조(一切唯心造)' 즉, 모든 것은 마음에서 비롯된다.

86 mind control

자신감 있는 사람은 매력적이다

우리의 진정한 가치는 우리가 자신에게 매기는 값에 달려 있다. 자신의 가치는 남들의 평가에서 출발하는 것이 아니다. 사람의 가치는 무한하므로 자신의 숭고한 가치를 만들기 위해 스스로를 연마해야 한다.

우리 한사람 한사람은 모두 값을 매길 수 없는 보석이 될 수 있다. 자신감을 기르면 자신의 가치를 더 분명히 알게 된다. 자신감 있는 사람은 매력적이다. 자신감은 일종의 흡인력이다.

자신감을 끌어내는 좋은 방법은 자신이 없다고 여겼던 일에 큰 용기를 갖고 해보는 것이다.

•
•
•

모든 사람들이 "그렇다, 그렇다!"고 할 때 누군가가 일어나서 "아니다!"라고 외침으로써 인류는 너무나 많은 것을 얻어왔다.

•
•
•

습관은 하루아침에 형성되는 것이 아니다. 좋지 않은 습관을 바꾸고 싶다 해도 단번에 성공할 수는 없다. 전문가들은 사람이 오랜 습관을 바꾸는 데 최소한 3주의 시간이 걸린다는 사실을 알아냈다. 따라서 습관을 고치려면 반드시 자신에게 얼마동안의 시간을 주어야 한다. 그런 다음 더 좋은 습관이 그 자리를 대신하도록 해야 한다. 평범한 사람이라면 생활 속에서 개선해야 할 부분이 많다. 우선 시작이 중요하며 시작을 해야 목표에 도달할 수 있다.

87 mind control

꿈을 꾸는 사람은 행복하다

꿈을 꾸는 사람은 행복하다. 왜냐하면
그들은 자신의 꿈을 실현시키고자 기꺼이
대가를 지불할 수 있기 때문이다.

⋮

이 세상의 모든 인간에게 가장 중요한 한 가지는 사랑하는 능력이다.

사랑하는 능력이 있는 한 인간은 행복할 수 있다.

⋮

삶에서 아무것도 집착하지 않고 부단히 변화하는 것들 사이로 영원한 열정을 안고 가는 사람은 행복하다.

⋮

아내인 동시에 친구일 수도 있는 여자가 참된 아내이다. 친구가 될 수 없는 여자는 아내로서도 마땅하지가 않다.

남이 나와 같아지기를 원하지 마라. 각자의 개성이 있으므로 사회는 다양해지고 역사는 풍부해지는 것이다.

•
•
•

누군가에게 첫눈에 반하기까지는 1분밖에 안 걸리고

누군가에게 호감을 가지기까지는 1시간밖에 안 걸리며

누군가를 사랑하게 되기까지는 하루밖에 안 걸리지만

누군가를 잊는 데는 평생이 걸린다고 한다.

•
•
•

어제 우리가 살았던 방식이 오늘 우리의 삶을 결정하는 것이다. 내일의 삶은 오늘 우리가 어떻게 살아가느냐에 달려 있는 것이다. 하루하루가 새로운 기회가 되는 것이다.

우리가 원하는 방식대로 살 수 있는 기회이며, 우리가 원하는 대로의 삶을 가질 수 있는 기회이다. 지난날의 기억들은 더 이상 집착할 필요가 없는 것이다.

88 mind control

간절히 원하는 모습으로 살아라

정말 아름다운 사람은 땀으로 꿈을 적시는 자이다.

•
•
•

자녀에게 줄 수 있는 최고의 선물은 부부 사랑이다.

•
•
•

꿈을 꿈으로만 남겨두지 마라.

간절히 원하는 그 모습으로 살아라.

세상의 시선과 기준에만 갇혀 살기에는 인생이 짧다.

•
•
•

두 눈으로 나만을 위해 보았다면

그 두 눈으로 남을 위해 보아라.

보는 것이 비록 좁다 할지라도

도움이 꼭 필요한 사람을 본다면

찾아가서 도와주어라.

이는 두 눈을 가지고 해야 할 임무이기 때문이다.

•
•
•

이미 지나간 것은 다 '무'이다.

결코 뒤돌아보지 마라.

아직 오지 않은 것은 '공'이다.

결코 미리 걱정하지 마라.

지금 앞에 닥친 일들에

최선의 노력과 정성으로 임하라.

업이 있다면…

그것은 과거에 매여 있는 것도 아니며

미래를 결정짓는 것도 아니다.

오직 가장 확실한 그리고

유일하게 확실한

지금의 내 안에 있을 것이다.

89 mind control

진실된 사람

모든 행복한 가족들은 서로서로 닮은 데가 많다.

그러나 모든 불행한 가족들은

그만의 독특한 방법으로 불행하다.

⋮

우리는 사랑에 싫증나면

상대방이 불성실해지기를 기다린다.

이 편에서도 절개와 지조에서 해방되고 싶기 때문이다.

⋮

매일 날씨가 좋으면 사막이 되고 만다.

비바람은 거세고 귀찮은 것이지만

그로 인해 새싹이 돋는다.

내 앞에 비바람이 불 때 나의 소임이 무엇인가를

되뇌면서 참고 견디면 좋은 날은 반드시 온다.

진정 남을 사랑할 수 있는 것은?

그것은 그 사람의 마음이 되어 행동을 해보는 것이다.

세일즈맨은 고객의 마음으로 세일즈를 하고

선생님은 학생의 마음으로 가르치고

아내는 남편의 마음으로,

남편은 아내의 마음으로 행동해보는 것이다.

⋮

애인의 결점을 장점으로 볼 수 없는 사람에게 진실된 사랑은 없다.

⋮

때때로 사랑은 기적처럼 아름다운 여정이며 용기 있는 모험이기도 하다.

⋮

사랑한다는 것으로 새의 날개를 꺾어 곁에 두려 하지 말고 가슴에 작은 보금자리를 만들어 종일 지친 날개를 쉬고 다시 날아갈 힘을 줄 수 있어야 한다.

Psychology

성격은 선천적 기질 또는 후천적 기질 및

교육과 사회적 환경에 의해서

영향받고 다양하게 정의된다.

여러분은 하루를 어떻게 반응하며 사는가?

Part 3

성격의 심리학

01 psychology

무의식 안에 보물이 있다

차이는 틀린 것이 아니라 다르다는 것이다.

모든 것은 내 마음이 투사되는 것이다.

보이는 대로 보는 것이 아니라 아는 만큼 보이는 것이다.

성격을 알게 되면 나의 행동을 예측할 수 있는 능력이 생기는 것이다. 나의 어두운 곳에 숨어 있는 에너지가 많을수록 자신의 마음대로 살 수 없다.

어두운 곳에 숨어 있는 에너지를 찾아내는 일 즉, 무의식 안에 보물이 들어 있다.

무의식을 잘 볼 수 있으면 빛을 발할 수 있다.

잠을 자거나 책을 읽거나 산책을 하거나

명상, 여행 중에도 무의식은 활발히 작동한다.

잠재된 무의식 안에 들어 있는 보물이 어느 순간 빛처럼 솟아나오는 것이 직관이다.

지혜라고도 하고 영감이라고도 한다.

무의식의 세계를 맑고 건강한 상태로

만들어야 보물들이 쏟아져 나올 것이다.

02 psychology

자아가 힘이 있어야 한다

정신병자들은 꿈을 꾸지 않는다.

그 사람들은 삶 자체가 꿈이다.

자아가 힘이 있어야 한다.

자아가 약하면 초자아에게 밀리고 원초아에게 밀리게 된다.

사람들이 중독에 빠지는 이유는 자아의 힘이 약하기 때문이다.

자아의 힘만이 자존감을 키울 수 있다.

내 생애 최고의 날은 지금이다.

자존감이 강하여 내 안에서 Win, Win이 일어나는 사람들은 대인관계에서도 Win, Win을 이루어낸다.

내부적인 역동을 조절하여 현실 속에서 역경을 조절할 수 있는 힘을 키워야 한다.

03 psychology

나의 그림자 찾기

다른 사람에게 보이는 것이 싫은 부분은 나의 그림자이다.

그 싫은 점을 보면서 나를 돌아보는 것이 성장하는 것이다.

보석은 땅위에 굴러다니지 않는다.

나의 그림자를 자꾸 파헤쳐 보아야 보석이 생기는 것이다.

승화가 되려면 땅이 잘 경작되어야 한다.

내 마음의 땅이 승화라는 나무가 잘 자랄 수 있도록 마음을 끊임없이 경작해야 한다.

내 인생에 장애물을 만난다는 것은 얻고 싶은 목표가 생겼다는 것이다.

장애물의 크기는 곧 내 목표의 크기와 비례한다.

04 psychology

진정한 공감

모든 사람의 행동에는 긍정적인 의도가 있다.

어떤 사람의 행동을 평가하기 전에 행동 안에 있는 긍정적인 의도를 먼저 보아야 한다.

이것을 헤아려주는 것이 진정한 공감이다.

단지 행동만을 보고 그 사람을 평가하는 실수를 범하지 않는 것이 중요하다.

마음에 상처를 쌓아가지 마라.

마음속에 실타래를 풀지 않으면 행복은 오지 않는다.

세상이 불공평하다고 고개 숙이고 있는 사람은

태양을 볼 수가 없다.

05 psychology

대화는 기술이 아니고 태도다

대화는 기술이 아니고 태도이다.

내 욕구를 충족시키지 않더라도 경청할 줄 알아야 한다.

누군가의 말을 경청하고 그 사람의 외로움 곁에 앉아서 함께해 주는 것이다.

인생의 어두운 터널을 외롭게 가고 있을 때 빛이 있다고 믿고 포기하지 않고 혼자 걸어갈 수 있게 해주는 사람이 진정한 상담자다.

부모는 상담자가 되어야 한다.

부모는 끊임없이 기회를 주어야 한다.

부모는 끝까지 베이스가 되어 주어야 한다.

자식을 바라보는 그 답답함과 불안을 부모는 견디어내야 한다.

06 psychology

목표를 세팅하라

목표지향적인 인생을 살아야 한다.

의도적으로 목표를 세팅해 놓자. 그러면 그쪽으로 에너지가 간다.

그냥 놔두기만 해도 무의식적으로 흘러가게 된다.

우리의 목표가 우리를 만들어나가게 된다.

열렬하게 원하고 확실하게 믿고 생생하게 느끼면 반드시 이루어진다.

믿음은 내가 만들어가는 것이다.

목표를 세팅하라!

일단 종이에 기록하라. 자신의 인생의 목표들을….

그 다음 그 목표를 잘게 부수어 계획을 만들어라.

그리고 하나씩 실천하면 반드시 이루어진다.

07 psychology

부부 친밀감

중년기에는 부부 친밀감이 가장 낮다.

자녀에게 에너지가 많이 들어가므로.

그리고 중년기 이후에는 부부 친밀감이 올라간다.

하지만 밑천이 있어야 올라갈 수 있다.

젊은 날에 기본적 친밀감을 쌓아놓아야 후회하지 않는다.

부부의 친밀감에는 기본적인 일곱가지가 있다.

정서적, 지적, 심미적, 사회적, 성적, 취미 그리고

영적인 친밀감….

젊은 날에 부부는 관계의 통장을 만들어 서로서로 잔고를 쌓아가야 한다.

한쪽만 일방적으로 잔고를 쌓아가고 한쪽은 마이너스 상태가 되면 우호적인 부부관계를 유지할 수 없다.

그렇게 되면 중년기 이후에 부부 친밀감이 올라갈 수 없어서 노후에 각자의 길을 찾아 헤매게 된다.

08 psychology

감정의 원인

감정의 원인을 상대편에게 탓할 것이 아니라

나의 욕구의 원인으로 돌려야 한다.

그리고 나의 욕구가 원인인 것을 발견하였을 때 두 가지 현상의 사람이 있다.

자기의 욕구를 충족시키지 못한 원인을 자기에게 돌려 자기를 비난하고 자책하는 사람과 자기의 욕구를 충족하기 위해서 부단히 노력하는 사람이다.

어느 것을 택하느냐에 따라서 우리의 인생은 많이 달라질 것이다.

09 psychology

성장 목표를 가져라

우리는 회피 목표가 아니라 성장 목표를 가져야 한다.

힘들게 살지 말아야지가 아니라 편안하게 살아야지로, 사고 나지 말아야지가 아니라 안전하게 운전해야지로….

성장 동기가 있는 사람은 성장 동기에 맞는 말로 바꾸어야 한다. 긍정적이며 성취목표적인 것으로….

결핍심리가 있는 사람은 '악'을 기준으로 판단한다.

나쁜 점만 먼저 보고 말하는 것이다.

옷에 잉크가 조금 묻어 있으면 그 점만 보고 판단하여 더럽다고 한다. 넓은 면 중에 작은 점이 있을 뿐인데….

10 psychology

아이에게는 무한한 가능성과 가치가 있다

사람은 자아실현 경향성을 가지고 있다.

당연히 아이들도 자아실현 경향성을 가지고 있다

그것을 믿는다면 부모들의 태도가 달라져야 한다.

아이들에게 이래라 저래라 하지 말고 "믿어주기, 지지 격려해 주기, 기다려 주기, 지시가 아니라 질문하기"를 해야 한다.

사과나무에 있는 사과는 셀 수 있지만 사과 씨 속에 있는 사과는 셀 수가 없다.

아이들에게는 무한한 가능성과 가치가 있다.

11 psychology

목표를 가질 수 있는 아이로 키우자

자녀를 양육하는 중요한 점은 성적이 우수한 아이로 키우는 것이 아니라 목표를 가질 수 있는 아이로 키우는 것이다. 꿈을 갖고 소망을 품고 살아가는 사람으로 키우는 일이다.

아이가 인생의 목표를 확실히 가지고 있으면 도전 정신이 생기고, 열심히 노력하고 인내하는 태도가 생기게 된다.

이 세상 누구보다 행복하기 위해서는 눈과 마음과 얼굴에 열정을 가득 품고 살아야 한다. 그러면 상상할 수도 없는 놀라운 일들이 생기게 된다.

12 psychology

불안은 마음의 체온이다

사람이 성장하기 위해서는 불안에 직면하는 것이 필요하다. 불안이 올라가는 것이 분노이고 차가워진 분노가 우울이다.

불안은 마음의 체온이다.

마음은 항상 36.5° 정도의 불안을 유지할 수 있다.

우리 마음은 불안을 조절할 수 있는 기제를 사용한다.

기제의 종류에는 정신병적 기제, 미성숙한 기제, 신경증적 기제, 성숙한 기제가 있으며, 정신이 성숙하면 할수록 불안에 대처하는 능력이 생기며 성숙한 방어기제를 사용한다.

- 정신병적 기제 : 정신병, 왜곡, 망상적 투사, 부정
- 미성숙한 기제 : 성격장애, 심한 우울증, 환상, 투사, 망상, 편집증
- 신경증적 기제 : 신경증, 강박관념, 합리화, 억압, 반동형성, 고립
- 성숙한 기제 : 적응기제, 승화, 유머, 이타주의, 억제

13 psychology

내 안에 있는 것이 보이는 것이다

투사를 회수해야 한다.

내 안에 있는 것이 보이는 것이다.

내 눈에 보인다는 것은 나에게 있는 것이다.

건강한 사람일수록 있는 그대로 보는 법이다.

다른 사람에게 미워 보이는 행동이 있으면 미워 보이는 그 요소가 내 안에 있구나 생각하고 인정하면 마음이 편안해진다.

내가 기억하고 있는 것은 내 안에 있는 것과 맞았기 때문에 들어온다. 어떤 것에 화가 나는 것은 그것에 나의 무의식이 걸려 있는 것이다.

진짜 성숙한 사람이 되기 위해서는 모든 것에 자유로운 사람이 되는 것이다.

14 psychology

누구나 존재감과 가치감은 100점이다

사람은 존재감, 가치감, 능력감을 갖고 산다.

내가 인정이 안 되더라도 내 자존감은 100점이다.

내가 인정이 안 되더라도 내 가치감도 100점이다.

인간은 태어나면서부터 존재감과 가치감은 100점이다.

단지 능력감은 왔다 갔다 한다(시험에 의해서 평가되기도 하고 각각 재능의 분야가 다르기도 하기 때문에…).

자라나는 아이에게 존재감과 가치감을 만들어주어야 한다. 존재감과 가치감의 결여는 아이들이 성장하는 데 방해물이 된다.

"난 할 수 있어. 난 될 수 있어. 난 자격 있어."라고 존재감과 가치감을 심어주자.

15 psychology

자유에는 책임이 따른다

자유가 책임이 없으면 '나'만 산다.

내가 나 자신과 만나지 못한다.

개인의 내적 고립이 된다.

남편이 부인을 만나지 못한다.

부인이 차려주는 밥만 만난다.

부인이 남편을 만나지 못한다.

남편이 벌어다주는 돈만 만나게 된다.

대인관계의 고립이 된다.

사람은 책임지는 게 두려워 선택하지 않는다.

선택하지 않는 것은 내적으로 약하다는 것이다.

내 인생의 해답은 내 안에 있다.

건강하고 성숙한 사람은 자기가 스스로 선택한다.

그렇지 않으면 존재의 의미가 흔들린다.

존재의 의미를 타인에게 두는 것이다.

태어나면서부터 받은 자신의 행복권을 타인에게 넘겨주는 것이다.

16 psychology

생존하는 것이 아니라 잘 사는 것이 중요하다

현실 속에서 현실을 극복하고 순간순간 내 행복을 만들어내는 것이 중요하다.

심리학은 사는 것에 관심을 가진 학문이다.

생존하는 것이 아니라 잘 사는 것이 관심이다.

인생에 이름표를 많이 붙여야 한다.

나는 무엇이다. 너는 무엇이다.

삶이라는 자체는 의미가 없다.

우리가 삶에 의미를 부여하면서부터 의미가 생기는 것이다.

내 인생이란 영화에 제목을 붙여보자.

제목을 붙일 권한은 나에게만 있다.

다른 사람이 내 인생에 제목을 붙이지 못하도록 내 빛깔과 내 향기가 뭔지를 내가 알아야 한다.

그걸 모르면 향수 뿌린 인생이 될 것이다.

17 psychology
운이 좋은 사람

지금까지 삶을 뒤돌아볼 때

스스로 운이 좋았다고 생각하는가?

또한 현재도 운이 좋은 사람이라고 말할 수 있는가?

주변에 운이 좋은 사람이 많은가?

항상 주위에 좋은 사람들만 있다고 생각하는가?

운이 좋은 사람과 사귀고 있는가?

모두 "그렇다"라고 대답할 수 있는 사람은 기뻐하라.

당신은 이미 성공이 보장된 사람에 속한다.

18 psychology

운이 좋은 삶

행운이란 좋은 사람을 만나는 것이다.

운이 좋은 삶이란 것은 좋은 인연이 계속되는 것을 말한다.

운이란 하늘이 내려주는 것이 아니라 사람이 만들어가는 것이다.

자기 방식대로만 열심히 하기보다는 운이 좋은 사람, 성공한 사람의 사고방식, 습관, 행동 패턴을 따라해보는 방법도 좋다.

그러면 당신도 분명히 운이 좋은 삶이 될 것이다.

19 psychology

하루는 86,400초다

우리에게는 매일 아침 86,400원을 입금해 주는 은행이 있다.

그러나 그 계좌는 당일이 지나면 잔액이 남지 않는다.

매일 밤 우리는 그 계좌에서 쓰지 못하고 남은 잔액을 그냥 지워버린다.

당신이라면 어떻게 하겠는가?

당연히 그날 모두 인출해야 할 것이다.

시간은 마치 우리에게 이런 은행과도 같다.

우리는 매일매일 86,400초를 부여받고 있음에도 불구하고 제대로 사용하지 못하고 그냥 없애버린다.

잔액은 없다. 더 많이 사용할 수도 없다.

단지 오늘 현재의 잔고를 가지고 살아갈 뿐이다.

건강과 행복과 성공을 위해 최대한 유용하게 사용해라.

현재 이 순간은 당신에게 주어진 최고의 선물이다.

20 psychology

말이 방향성을 결정한다

말의 씨를 뿌리면 믿음이 내리고
믿음의 뿌리가 내리면 행동의 줄기가 자라고
행동의 줄기가 자라면 습관의 가지가 생기고
습관의 가지가 자라면 인격의 열매가 맺힌다.
인격의 열매가 맺히면 그것이 운명이 된다.

말이 방향성을 결정한다.
성실성 이전에 방향성이 중요하다.
목표를 달성하는 것이 목적이 아니라
방향성을 설정하는 것이다.
목표를 달성하려고 하는 과정이 더 중요하다.
그 목표가 나를 행복하게 하면 된다.

21 psychology

자신을 디자인하라

불가능, 그것은 나약한 사람들의 핑계에 불과하다.
불가능, 그것은 사실이 아니라 하나의 의견일 뿐이다.
불가능, 그것은 영원한 것이 아니라 일시적인 것이다.
불가능, 그것은 도전할 수 있는 가능성을 의미한다.
불가능, 그것은 사람들에게 용기가 생기도록 만들어주는 것이다.
불가능, 그것은 아무것도 아니다.

점 하나의 기적!
고질병은 고칠 병이 된다.
과거에 대하여 용서와 감사해라.
미래에 대하여 소망과 희망을 가져라.
현재에 대하여 집중과 즐거움을 느껴라.
열망을 얘기하고 신념을 창조하며 생생하게 상상하여라.
그리고 자신을 디자인하여라.
그렇지 않으면 세상이 당신을 디자인할 것이다.

에필로그

꿈은 이루어집니다

우리가 선택하는 무엇이든 할 수 있다고 생각하십시오. 우리는 할 수 있습니다. 우리가 할 수 없는 경우는 오직 할 수 없다고 말하고 할 수 없다고 스스로가 포기할 때뿐입니다.

우리는 이러한 지식을 통해 원하는 것이 무엇이든 성취하고 해낼 수 있습니다. 우리는 자신이 얼마나 뛰어난 사람인지에 대해 따로 평가했을 수도 있습니다.

이제 우리는 하나의 보편적인 정신, 집단무의식 매트릭스 그리고 이것들로부터 우리가 원하는 것이 무엇이든 끌어낼 수 있다는 것을 알고 있습니다. 인류 역사상 어느 시점에서 동일한 뇌파를 가진 적이 있는 사람에 의해 공유된 모든 종류의 생각, 이론, 창의적인 아이디어, 기술적인 해결책 등을 끌어당깁니다.

나의 생각은 그들의 아이디어를 끌어당깁니다.

정말 멋진 일이지 않습니까?

과학이라는 학문에는 우주를 관장하는 명확한 법칙이 존재합니다. 지구가 물체를 당기는 힘인 중력의 법칙, 입자의 성질과 자연의 기본적인 힘이 끈의 모양과 진동에 따라 결정된다는 끈 이론 등이 바로 그런 법칙입니다. 그러나 이 우주에서 가장 강력한 법칙은 끌어당김의 법칙입니다.

한번 더 우리를 놀래게 만들만한 사실은 바로 우리의 생각도 모두 에너지란 것입니다.

우리의 뇌는 모든 생각을 에너지로 전달하고 있습니다. 우리가 전달한 이 생각의 에너지와 파동이 내가 생각한 일과 완벽한 조화를 이루면서 강력한 자기력의 끌어당김을 만들 수 있습니다.

내가 생각하는 모든 것들을 내가 끌어당기는 매우 황홀한 경험을 하게 되는 것이지요. 우리는 자신의 인생 전체를 조종할 수 있기 때문에 그 누구보다도 강력한 힘을 가지고 있습니다. 마치 리모컨으로 작동시키듯 내가 원하는 모든 것을 다른 신호를 통해 밖으로 내보내는 것입니다. 내가 마음 속으로 가장 많이 생각하는 것이 나에게로 끌려오며 가장 많이 생각한 대로 실제로 이루어집니다. 인간은 생각의 결과물일 뿐입니다. 내가 생각하는 것이 내가 될 것입니다. 우리의 삶에서 진정 원하는 것을 얻을 수 있는 단 한가지 방법은 내가 원하는 그 일에 그 생각을 집중하는 것입니다.

비밀의 가장 큰 부분을 차지하는 것은 바로 나의 모든 힘이 오늘 순간 바로 지금에 집중되어 있다는 것입니다. 지금 이 순간에 집중하는 것이 미래의 우리의 삶을 고스란히 나타낸다는 것에 대해서 어떻게 생각하세요?

멀지 않은 과거에 했던 생각들을 지금 우리가 되돌려 받고 있는 것과 같아요. 다시 말해서 내일의 과거는 오늘이기 때문에 오늘 좌절하거나 화를 내면 더 나은 내일을 기대할 수 없습니다. 지금 재정상태가 좋지 않아 행복하지 않아도 걱정하지 마세요. 그저 최선을 다하면 여러분은 무엇이든 될 수 있습니다. 특히 내가 돈을 벌 준비가 되어 있고 감사하다는 태도를 가진다면 돈을 버는 방법은 많습니다. 이때 기회는 나를 끌어들이게 될 것이며, 다시 말해 원하는 돈과 재능 그리고 기회를 성취할 수 있도록 도와주는 환경과 올바른 사람을 끌어당기게 될 것입니다.

어쩌면 지금 바로 자격, 능력, 경험 그렇게 갖고 싶었던 멋진 자동차와 맞닿아 있을지도 모릅니다. 열정, 전념, 숨 막히는 매력 등은 어떤 상황에서건 값을 매길 수 없는 아주 귀중한 것입니다. 그것은 우리의 손이 충분히 닿는 곳에 있습니다.

사람들을 만날 때마다 삶이 얼마나 불공평한지에 대해 계속 불평만 한다면 누가 내가 되고 싶어하는 것이 되도록 도와줄까요? 부유한 후원자의 도움으로 어두운 세상에서 벗어난 젊은이들의 사례가 심심찮게 있습니다. 이는 그들의 성공에 대한 에너지 열정 때문에 생긴 것입니다.

때로 우리는 인생을 그저 내맡겨버릴 때가 있습니다. 일이 뜻대로 잘 풀리지 않을 때 낙담하기도 하고 끊임없이 소용돌이의 나락으로 떨어져버리기도 합니다. 부정적인 생각들은 부정적인 상황들을 끌어당기고 더 부정적인 생각들은 우리가 알아차리기 전에 더욱 심각한 상태로 끌어당깁니다.

그러면 더욱 비통함과 분노 그리고 비참함으로 둘러싸이게 됩니다. 주변에서 매사에 부정적이고 화가 난 것 같은 사람들을 본적이 있을 겁니다. 그들은 불평불만이 많고 인생에서 대부분의 시간을 투덜대는 데 보내며 늘 비참해 보이기까지 합니다. 당연히 이런 사람들은 나쁜 파동을 가지고 있습니다. 그리고 부정적이고 분노로 찬 사람들과 주로 어울려 다닙니다. 결국 그들이 끌어당기는 것은 부정적인 기운이고, 이것이 바로 그들의 인생입니다.

열정을 가지고 열중하는 사람이 되세요. 내가 가장 좋아해서 완벽하게 몰입할 수 있는 일을 찾아야 합니다. 또한 직업에서 얻게 될 명성, 원하는 만큼의 많은 돈과 안락한 집 등, 우리가 생각할 수 있는 모든 것을 가질 수 있다는 것을 알아야 합니다.

이 지구에는 기회, 돈, 자원 그리고 부유함이 충분히 존재합니다. 자신이 원하는 일이면 무엇이든지 한다는 것을 우리 가슴에 새겨두고 그것이 가능하다는 것을 알아야 합니다. 기분이 좋아지는 쪽을 선택하고 부유해지는 생각을 하세요.

그 생각이 꿈을 이룰 수 있을 정도의 부를 끌어올 수 있게 될 때 우리의 마음은 가장 큰 자산이 될 것입니다.

여러분이 하고 싶은 일을 하고, 지금 내가 하고 있는 일을 사랑하세요. 우리의 길에 반드시 따라오는 성공과 부유함에 대해 감사하는 마음을 가지세요. 미래에 대해 좀 더 감사하는 마음을 가지세요. 내가 가진 풍족함과 행운에 감사하며, 그래서 '너무 행복하다'라고 현재형으로 말해야 한다는 것도 꼭 기억하세요.

이런 감사하는 마음을 느끼면서 우리에게 도달하게 되는 돈을 가질 수 있는 기간은 얼마나 걸릴지 혹은 그 돈을 우리가 어떤 방법으로 습득하게 되는지에 대해서 끊임없이 집중해야 합니다.

돈 자체는 단순한 색깔을 입힌 종잇조각에 불과합니다. 우리가 할 수 있는 일은 여유를 누릴 수 있는 풍족함의 자유로움과 이런 생활을 즐기는 자신을 그리는 것입니다. 무한한 돈을 가지고 무엇인가를 살 것이라고 상상해보세요.

그 동안 갖고 싶었던 물건들로 주위를 에워싸는 겁니다. 그것들을 가졌을 때의 기분을 느끼고 사랑하는 사람들과 함께 나누세요. 사랑을 주고 나누는 것이야 말로 돈을 가졌을 때 할 수 있는 가장 멋진 일이기 때문입니다.

불행한 일이 언제 생길지 몰라 불안한가요?

자기가 원하지 않는 시간과 장소에 있을 수 있다고 생각하나요?

왜 스스로 무기력한 상황 속에 두려고 하나요. 우리는 무엇이든 선택할 수 있다는 것, 그리고 내가 간절히 원하기만 하면 내 인생에선 좋은 일만 생기도록 할 수 있다는 사실을 알고 믿으세요.

우리는 인생을 선택할 수 있습니다. 우리가 무엇을 선택하든 우리가 생각한 것이 바로 나의 삶이 될 것입니다. 우리의 인생은 우리에게 달려 있습니다. 지금 어디에 있던지 이제까지 우리가 무슨 일을 겪었던지 지금부터 의식적으로 생각하여 인생을 바꿀 수 있습니다.

인생은 진실로 소중히 간직해야 할 놀라운 선물입니다. 우리가 지금 상태 그대로 나 자신과 자신의 몸 그리고 인생에 대해 긍정적인 생각들을 일으킨다면 인생은 건강과 행복 그리고 풍요로움으로 가득하게 될 것입니다.

우리는 인생이라는 선물과 건강이라는 선물을 소중히 간직해야 합니다. 우리가 곧 힘이며, 지혜이며, 지식입니다. 우리는 완전하며 대단합니다.

우리가 바로 창조주이며 이 지구에서 우리의 행성을 창조해내고 있습니다. 모든 것이 얼마나 완벽한지를 깨닫게 될 때 당신은 머리를 뒤로 젖히고 하늘을 향해 웃을 것입니다. 비밀은 우리 안에 있습니다. 우리 안의 힘을 사용할수록 더욱더 많은 힘을 끌어당기게 될 것입니다. 그러다 보면 우리가 더 이상 이를 실행할 필요가 없는 시점에 도달하게 될 것입니다. 그리고 이상이 될 것이며 지혜이자 지식이 될 것입니다. 또한 사랑이자 즐거움 그 자체가 될 것입니다.

지구는 우리를 위해 그 궤도를 돌 것입니다. 바다는 우리를 위해 밀려왔다 밀려갈 것입니다. 새들은 우리들을 위해 노래를 부르지요. 태양과 별은 우리를 위해 뜨고 집니다. 우리가 보는 모든 아름다운 것, 우리가 경험하는 그 모든 놀라운 것들은 바로 우리를 위해 존재하는 것입니다.

우리가 어떠한 사람이었다고 생각했든지 상관없이 이제는 우리가 실제로 누구인지 그 진실을 알고 있습니다.

우리는 우주의 주인입니다.

이제 우리는 비밀을 알고 있습니다. 비밀의 힘이 내 안에서 계속될 것입니다.

《시크릿 중에서》

Foreign Copyright:
Joonwon Lee
Address: 10, Simhaksan-ro, Seopae-dong, Paju-si, Kyunggi-do,
Korea
Telephone: 82-2-3142-4151
E-mail: jwlee@cyber.co.kr

삶이 힘든 그대를 위한 인생 처방전

오늘 그대 행복한가요

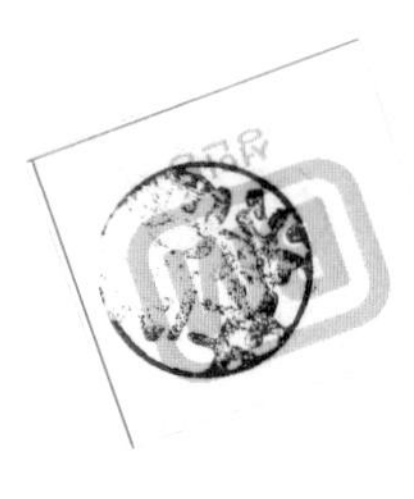

2018. 11. 30. 초 판 1쇄 인쇄
2018. 12. 7. 초 판 1쇄 발행

지은이 | 박혜린
펴낸이 | 이종춘
펴낸곳 | BM (주)도서출판 **성안당**
주소 | 04032 서울시 마포구 양화로 127 첨단빌딩 5층(출판기획 R&D 센터)
10881 경기도 파주시 문발로 112 출판문화정보산업단지(제작 및 물류)
전화 | 02) 3142-0036
031) 950-6300
팩스 | 031) 955-0510
등록 | 1973. 2. 1. 제406-2005-000046호
출판사 홈페이지 | **www.cyber.co.kr**
ISBN | 978-89-315-8737-1 (03810)
정가 | 13,800원

이 책을 만든 사람들
책임 · 진행 | 최옥현
교정 | 백상현
본문 · 표지 디자인 | 하늘창
홍보 | 정가현
국제부 | 이선민, 조혜란, 김혜숙
마케팅 | 구본철, 차정욱, 나진호, 이동후, 강호묵
제작 | 김유석

■ 도서 A/S 안내

성안당에서 발행하는 모든 도서는 저자와 출판사, 그리고 독자가 함께 만들어 나갑니다.
좋은 책을 펴내기 위해 많은 노력을 기울이고 있습니다. 혹시라도 내용상의 오류나 오탈자 등이 발견되면 **"좋은 책은 나라의 보배"**로서 우리 모두가 함께 만들어 간다는 마음으로 연락주시기 바랍니다. 수정 보완하여 더 나은 책이 되도록 최선을 다하겠습니다.
성안당은 늘 독자 여러분들의 소중한 의견을 기다리고 있습니다. 좋은 의견을 보내주시는 분께는 성안당 쇼핑몰의 포인트(3,000포인트)를 적립해 드립니다.
잘못 만들어진 책이나 부록 등이 파손된 경우에는 교환해 드립니다.